우아한 왕태자와 남장영애의 결혼

우아한 왕태자와 남장 영애의 결혼

초판 1쇄 찍은 날 | 2015년 5월 1일
초판 1쇄 펴낸 날 | 2015년 5월 10일

지은이 | 모리야마 유키
그린이 | 아사히코
옮긴이 | 정우주
펴낸이 | 예경원

편집책임 | 박우진
편집 | 오아현

펴낸곳 | 예원북스
등록번호 | 제396-2012-000132호
등록일자 | 2012. 7. 25
YRN | 제5-0015호

주소 | 경기도 고양시 일산동구 무궁화로 8-28 삼성메르헨하우스 712호 (우) 410-837
전화 | 031-819-9431 팩스 | 031-817-9432
http://blog.naver.com/ainandfin
E-mail | ainandfin@naver.com

ISBN 979-11-5630-494-4 03830

※ 이 도서의 국립중앙도서관 출판시도서목록(CIP)은 서지정보유통지원시스템 홈페이지(http://seoji.nl.go.kr)와 국가자료공동목록시스템(http://www.nl.go.kr/kolisnet)에서 이용하실 수 있습니다.

우아한 왕태자와 남장영애의 결혼
모리야마 유키 글
아사히코 그림
정우주 옮김

※ 이 이야기는 픽션으로, 이야기에 등장하는 인물 · 단체 · 사건은 현실과는 무관합니다.

* 지크바르트 3세
볼프스베데 황국의 황제
* 로데리히
엘리어스의 사촌 형제
* 아델리느
볼프스베데 황국의 황비

* 알베르
모다브 왕국의 왕태자.
대륙에서 으뜸가는 지략에 우아한 미남이라 칭해진다.
* 엘리어스 디트하르트 폰 슈라이히
볼프스베데 황국 슈라이히 공작의 적자.
여성이라는 사실을 숨기고 작위를 이어받았다.
등장인물소개
우아한 왕태자와 남장영애의 결혼

1장

엘리어스 디트하르트 폰 슈라이히는 황제의 신임이 두터운 슈라이히 공작의 적자로서 세상에 태어났다. 어머니인 이름힐데는 지크바르트 1세가 볼프스베데 황국 제일가는 미모라고 칭송받던 애첩에게서 얻은 공주였다.

아버지는 황제를 곁에서 섬기며 좀처럼 엘리어스가 어머니와 사는 거성에는 돌아오지 않았다. 그 사실을 자랑스럽게 생각했을지언정 외롭다고 생각지는 않았다. 황제에게 목숨을 바친 기사라면 당연한 일이었다.

엘리어스도 아버지처럼 근위대를 이끌고 볼프스베데 황

국을 위해 전쟁터를 누비게 될 것이라고 생각했다.

그녀의 나이 열한 살, 아버지에게 검을 배웠을 때 처음으로 자신이 여자라는 사실을 알게 됐다.

그랬다. 어머니나 유모가 교묘하게 속였기에 엘리어스는 스스로를 남자라고 믿어 의심치 않았던 것이다. 교육 담당의 아들이나 유모의 손자보다 엘리어스는 키가 크고 팔 힘도 셌다. 마른하늘에 날벼락 같은 충격이었다.

"이름힐데, 어찌 된 일이지? 내 후계자는 딸인가?"

아버지가 크게 노한 모습은 무시무시했지만 어머니의 탄식 어린 모습도 대단했다.

"……요, 용서해 주세요……. 엘리어스는 딸입니다……. 저는 딸만을 낳을 수 있었습니다……. 당신께 버림받고 싶지 않았어요……."

어머니인 이름힐데는 좀처럼 임신할 수 없었는데, 아버지가 애첩에게서 남자아이를 보자 초조함에 시달렸다고 했다. 그 후 염원을 이루어서 간신히 임신하고 아이를 출산했지만 태어난 아이는 딸이었다.

볼프스베데 황국의 초대 황제는 검으로 출세한 기사단장이었다. 그 이후 힘으로 모든 것을 굴복시켜 왔다. 아무리 세월이 흘러도 볼프스베데 황국은 기사의 나라였고, 남존여비의 풍조는 뿌리가 깊어서 여자가 작위를 이을 수는 없었다.

아무리 이름힐데가 지크바르트 1세의 서녀라고는 하지만 후계자를 낳지 못하는 정실은 측실로 지위가 떨어져도 토를 달 수 없었다.

때마침 아버지가 자리를 비운 때이기도 해서 이름힐데와 유모, 시녀장은 결탁했다. 그 말인 즉, 태어난 딸을 아들이라고 눈가림한 것이었다.

그 이후 당사자인 엘리어스마저도 속여온 것이다.

엘리어스가 공부 중이건 검 훈련 중이건 이름힐데나 유모가 따라다녔던 이유는 그래서였다. 과보호라고 비웃음을 받았지만 이름힐데가 황제의 서녀인지라 용납된 일이었다.

"그대는 용맹한 지크바르트 1세의 딸이자 지크바르트 2세의 이복누이에 해당하고, 지크바르트 3세의 고모이다. 후계자를 낳을 수 없다는 이유만으로 버릴 수는 없어."

아버지가 짜증난다는 듯이 말하자 이름힐데는 새된 목소리를 질렀다.

"헤르미네에게 남자아이를 둘이나 낳게 한 사람은 누구셨나요? 저는 첩실로 떨어지기는 싫어요. 첩실이 얼마나 괴로운지 어머니를 봐왔기에 잘 압니다……. 너무도…… 정말……."

후계자를 낳지 못한 정실이 측실이 되는 이야기는 여기

저기에서 굴러다녔다. 아버지의 애첩인 헤르미네는 명가 출신이었는데, 정실의 자리를 노리고 있다는 점은 틀림없었다. 애당초 본래대로라면 헤르미네가 아버지의 정실이 될 예정이었다. 그러나 당시 황제의 한마디로 인해 아버지는 이름힐데를 정실로 맞이했던 것이었다.

"이제 그런 건 아무래도 좋아. 엘리어스는 딸이지만 아들이라고 신고해 버렸어. 이런 사실이 들키면 나도 너도 슈라이히가도 끝이다."

과거에 딸을 후계자로서 신고한 백작가가 있었는데 발각되자마자 일족과 가신이 처벌받았다. 파란만장한 기사의 나라에서는 배신이나 모반이 빈번했는데, 황제를 속인 죄는 무엇보다 무거워서 어떤 명문가라도 용서받지 못했다.

"엘리어스를 성에서 내보내지 않겠어요."

"끝까지 숨길 수 있을 거라 생각하나? 내게 무슨 일이 생겼을 때 차기 슈라이히 공작은 엘리어스야. 덧붙여서 나는 근위대를 이끄는 장군이다. 여자가 뭘 할 수 있겠나?"

슈라이히 공작의 후계자이자 지크바르트 3세의 사촌 형제인 이상, 어찌 되었든 엘리어스가 겉으로 나설 기회가 늘어날 것이다.

게다가 엘리어스는 열한 살이고 지크바르트는 스물한 살, 열 살 차이가 난다. 조금 더 나이가 가까웠다면 어린 시절부터 황제의 성으로 입궐해 지크바르트 3세를 섬겼으리라. 그것이 슈라이히 공작가의 적자가 짊어진 의무였다.

"그럼 어쩌라는 말씀이세요?"

"들키기 전에 처리할 수밖에 없어."

아버지가 검을 들이미는 것에 엘리어스는 몸이 굳었다. 확실히 지금 엘리어스가 죽으면 슈라이히 공작가는 별탈 없이 평온할 수 있다. 가문은 무예가 뛰어난 엘리어스의 이복형이 이으면 된다.

"……시, 싫어요, 엘리어스에게 죄는 없습니다. 엘리어스를 죽이지 마세요!"

엘리어스는 어머니의 새된 비명을 듣고 제정신을 차리고는 벽에 장식되어 있던 보검을 손에 들었다. 이 상황에서 아버지의 손에 얌전히 당할 생각은 털끝만큼도 없었다.

"……호오? 나를 거역할 셈인가?"

엘리어스가 가느다란 팔로 검을 겨누자, 아버지는 느긋하게 씨익 입가를 일그러뜨렸다.

"아버님, 여자가 무엇을 할 수 있는지 보시기 바랍니다."

"지금 죽거나, 여자인 것을 숨기며 살아가거나. 너에겐 두 가지 길뿐이다."

'잘도 지금까지 들키지 않았구나' 하고 아버지는 어이없어하는 기색을 드러냈다. 아버지 스스로도 생각하는 바가 있는지도 몰랐다.

“남자로서 당당히 살아가겠습니다. 지켜봐 주십시오.”

지금까지 남자로서 자라왔으니 갑자기 여자라는 말을 들어도 실감이 나지 않았다. 온실에서 자란 엘리어스는 남자와 여자의 차이조차 잘 몰랐다.

“네가 여자라는 사실이 들통 나면 일족과 가신까지 처벌받는다. 위험 부담이 너무 커.”

“우선 황제께서 주최하시는 검술 대회에서 우승하겠습니다. 내년에 우승하면 여자라고 여기지는 않을 겁니다.”

황제가 주최하는 검술 대회에는 나라 안뿐만이 아니라 나라 밖에서도 실력에 자신이 있는 기사들이 참가한다. 십이 세 이하의 부문은 소년들의 동경이었다.

아버지는 십이 세 이하 부문도, 십오 세에서 십팔 세 이하 부문도, 십팔 세에서 이십이 세 부문도, 이십삼 세 이상의 부문도 모두 제패한 기사 중의 기사였다. 엘리어스의 이복형도 십이 세 이하 부문에서 우승했다.

그렇기에 엘리어스는 검술 단련에 힘을 쏟았다. 동년배 소년을 상대로 진 적은 한 번도 없었다.

“여자가 이길 수 있는 대회가 아니다.”

아버지가 무시무시한 박력을 뿜어낸 순간, 엘리어스는 뒤통수에 충격을 받고 의식을 잃었다. 다짜고짜로 아버지가 그녀를 기절시킨 것이었다.

정신이 들었을 때 엘리어스는 어두운 방에 갇혀 있었다. 엘리어스는 영지 외곽에 있는 고성에 유폐되기로 결정이 난 것이었다.

"……나는 아버님께 버림받은 건가."

엘리어스가 아버지가 자신을 버렸다는 사실을 깨닫는 데에는 오랜 시간이 걸리지 않았다. 수발 담당은 엘리어스의 비밀을 아는 유모 한 사람이었다.

"엘리어스님, 가엾게도……."

엘리어스가 아버지의 검으로 처리될 뻔한 그때 이름힐데와 함께 유모가 필사적으로 목숨을 구걸했다고 말했다. 유모가 없었다면 엘리어스는 죽었을 것이다.

"내가…… 내가 잘못한 거야? 그렇게 내가 잘못했어?"

고성에 유폐된다는 것이 무엇을 뜻하는지, 열한 살인 엘리어스라도 알았다. 이곳은 죄인을 가두는 감옥과 같았다.

이곳을 나가려면 죽을 수밖에 없다는 사실을 싫어도 깨달을 수밖에 없었다.

*　　*　　*

유폐된 성에서 절망하며 몇 년을 보냈지만, 엘리어스는 무사히 올해 생일도 슈라이히 성에서 맞이할 수 있었다. 상의할 필요도 없이 화려한 생일파티는 열리지 않았다. 나무열매를 듬뿍 넣은 케이크가 테이블에 올라왔을 뿐이었다.

황제의 피를 이었다고는 해도 몰락 귀족만큼 꼴사나운 처지는 없었다. 엘리어스는 유서 깊은 슈라이히 공작가의 가주였으나 대귀족이 지닌 체면을 유지하기 위해서 남몰래 내직에 종사했다. 그것은 슈라이히 공작가 비밀 창고에 있는 장서를 베껴 성에 드나드는 상인에게 파는 별 볼일 없는 일이었다.

“엘리어스님, 그렇게 몰두하시면 몸에 해롭습니다.”

유모가 걱정스럽게 들여다보았지만 엘리어스는 고개를 크게 내저었다.

“괜찮아, 걱정하지 마.”

“슈라이히 공작이신 엘리어스님께서 딱하게도…….”

날마다 아침부터 밤까지 책 베끼기에 힘을 쏟느라 엘리어스의 손가락에는 펜 때문에 굳은살이 생겨 있었다. 그래도 고성에 유폐되어 있던 때에 비하면 편했다.

유폐지에서 열두 살 생일을 맞이했을 때 어머니의 부고가 전해졌지만 엘리어스는 밖으로 나올 수 없었다. 그저 유모에게 매달려 울 수밖에 없었다. 엘리어스도 어머니의 뒤를 따르려 했지만, 유모가 베푸는 대가 없는 사랑 때문에 마음을 돌렸던 것이다.

어머니가 떠나고 나서 한 달 후에 아버지가 전사했다. 아버지로서의 정이 남아 있었는지 나라 안이 어지러워져서 바빴는지 이유는 확실치 않지만, 그때도 엘리어스는 폐적되지 않고 정식 후계자인 상태였다.

"엘리어스님, 모시러 왔습니다. 오늘부터 엘리어스님께서 슈라이히 공작이십니다."

엘리어스는 아버지의 죽음에 의해 유폐지에서 해방되어 떳떳하게 자유의 몸이 되었다. 아니, 새로운 전쟁터로 몸을 던지게 되었다.

아직 열두 살인 슈라이히 공작을 이용하려고 드는 무리는 많았던 것이었다. 아군은 유모나 시녀장뿐이라는 사실을 다시금 뼈저리게 느꼈다.

세상을 떠난 아버지의 애첩이 꾸민 음모로 인해 황제가 주최하는 검술 대회에 출전하게 되어, 십이 세 이하 부문에서 우승했던 일은 그녀에게 있어서 최고의 긍지였다. 다음 해, 십삼 세부터 십오 세 부문에서도 우승했지만 그것으로 평생 동안의 운을 다 쓴 것만 같은 기분이 들었다. 지크바르트 3세가 하사한 검은 가보로 삼았다.

"딱하지도 어떻지도 않아. 나는 군역에 종사할 수 없으니 별수 없지."

아무리 검술 실력이 뛰어나도 전쟁터는 체력으로 승부하는 경향이 있었다. 성별에 따른 차이가 적은 열두세 살까지라면 모를까, 여자의 몸으로 군역에 종사할 수는 없었다.

황제가 주최하는 검술 대회에서 이연승한 후, 엘리어스는 유모와 시녀장과 상의해 몸 상태가 안 좋다고 꾸며 거성을 떠났다.

"엘리어스님께서 전쟁터로 가실 필요는 없습니다."

"가고 싶어도 못 가."

오래전, 세상을 떠난 아버지와 말머리를 나란히 하던 이복형이 부러워서 견딜 수 없었다.

덧붙여 세상을 떠난 아버지가 이복 여동생에게 예쁜 드레스를 선물했을 때도 엘리어스의 마음에는 아무런 잔물결도 일지 않았다. 남자로서 자라난 탓인지 확실하게 여자로서의 무언가가 빠져 있던 것이리라.

"몇 번이나 말씀드리지만 가지 않으셔도 괜찮습니다. 아아, 안쓰럽습니다. 본래대로라면 엘리어스님께는 빛나는 미래가 기다렸을 텐데."

엘리어스가 태어났을 때 어째서 이름힐데의 무모한 행동

을 막지 못했는지 유모는 지금까지도 원통해했다. 딸이라고 해도 데릴사위를 맞이하면 그것으로 충분했기 때문이었다.

"그렇게 울지 마."

엘리어스는 다정한 유모가 우는 모습을 보는 것이 가장 괴로웠다. 그녀에게 유모는 유일하게 마음 둘 곳이었다.

"해가 갈수록 이름힐데님을 닮아 아름다워지시는데."

밝은 금발도 그렇고, 진한 녹색 눈동자도 그렇고, 투명하게 비치는 하얀 살결도 그렇고, 품위 있는 얼굴선도 그렇고, 엘리어스의 용모는 그 미모를 몹시 칭찬받았던 세상을 뜬 어머니 그 자체였다. 군복보다 드레스 쪽이 잘 어울리리라. 다만, 엘리어스의 큰 키는 체격이 좋았던 세상을 뜬 아버지에게서 물려받았다. 덕분에 아무리 아름다운 얼굴이라도 큰 키로 남자라고 얼버무릴 수 있었다. 사실 엘리어스는 유모의 손자보다 키가 컸다.

"그만둬."

아버지가 세상을 떠난 이래 궁핍한 살림 사정 때문에 많은 사용인을 해고했지만, 지금도 슈라이히 성을 유지하기 위해서 최소한의 사용인은 남아 있었다. 어디에서 누군가가 듣고 있을지 몰랐다. 주인의 비밀을 쥐고 협박하는 사용인의 이야기는 쓸어 담을 정도로 많았다. 애석하게도 그것이 현실이었다.

"……그렇지요. 가장 괴로우신 분은 엘리어스님이십니다."

엘리어스의 비밀을 아는 사람은 지금 상황에서는 유모와 시녀장뿐이었다. 집사도 어렴풋이 눈치챈 모양이었지만, 결코 입 밖에 내진 않았다.

"유모도 괴로워 보여."

"엘리어스님께서는 어머님께서 시집오셨던 나이가 되셨습니다. 이복형이신 요한님께서 결혼하셔서……."

유모가 침통한 표정으로 술술 말을 꺼냈을 때. 엘리어스는 이변을 느끼고 날렵하게 일어섰다. 벽에 걸려 있던 검을 손으로 집어 들었을 때, 문이 둔탁한 소리를 내며 열리더니 검은색 복장을 한 남자 몇 사람이 나타났다. 모두 손에 잘 벼려진 검을 쥐고 있었다.

유모가 새된 비명을 지르며 바닥에 주저앉자 엘리어스는 그녀를 보호하듯이 앞을 가로막았다.

"내가 엘리어스 디크하르트 폰 슈라이히라는 사실을 아는 불한당인가?"

엘리어스가 날카로운 눈빛으로 물어보아도 대답은 없었다. 말은 필요 없다고 주장하는 듯이 가장 키 큰 남자가 덮쳐들었다.

엘리어스는 재빠른 동작으로 피하고는 가장 키 큰 남자의 팔을 검으로 베어냈다. 오른쪽에서 덤벼든 남자에게는 은촛대를 집어 던졌다.

아무래도 단순한 강도의 부류는 아니었다. 남자들 모두 제대로 된 훈련을 받았다는 사실을 엘리어스는 검을 나누고서 깨달았다.

아버지의 애첩이 질리지도 않고 그녀의 목숨을 노리는지도 몰랐다. 엘리어스는 눈매가 날카로운 남자를 벽으로 내동댕이치면서 초상화 앞에서 우아하게 선 인물에게 시선을 보냈다. 머리부터 검은 천을 뒤집어써서 얼굴은 알 수 없었지만, 보통내기가 아니라는 사실은 직감으로 깨달았다.

"네가 주모자냐!"

엘리어스는 큰 소리로 호통치면서 초상화 앞에 선 인물에게 꽃병을 던졌다.

"……거기까지."

초상화 앞에 서 있던 인물은 가볍게 웃으면서 머리에 뒤집어쓴 검은 천을 벗었다. 그러자 엘리어스가 아는 인물의 얼굴이 나타났다. 지크바르트 3세를 섬기는 측근 중의 측근인 로데리히 볼프 폰 아이히베르그였다. 그의 어머니는 선황제의 누이동생이었고, 선황제의 이복 누이동생을 어머니로 둔 엘리어스와는 사촌 형제 관계였다.

로데리히의 한마디에 엘리어스에게 덮쳐들던 남자들은 순식간에 무릎을 꿇었다.

"엘리어스, 네 실력은 훌륭하다. 반하겠어."

볼프스베데 황국을 구현한 것만 같은 미청년은 소리 높여 말했다.

"오늘 밤, 저는 아이히베르그 경을 초대한 기억이 없습니다."

엘리어스가 빈정거리듯이 말하자 로데리히는 쓴웃음을 흘렸다.

"총명한 엘리어스답지 않은 말은 하지 말아주었으면 하는군. 지크바르트 폐하의 기사에게 부탁이 있어서 왔다."

지크바르트 3세의 기사라는 말을 들으면 엘리어스는 검을 물려야만 했다. 황제에게 충성을 맹세한 자로서 로데리히를 마주했다.

"제게 부탁? 로데리히, 귀공은 이런 시골구석에 일부러 발걸음을 옮길 만한 상황이 아니지 않습니까?"

지크바르트 3세는 열네 살에 황제의 자리에 올라 각 나라에서 '잔학왕' 이라는 별명을 얻을 만큼 치열한 전쟁에 몰두해 왔다. 아무리 불리한 싸움이라도 승리를 거머쥐어 온 지크바르트 3세는 그야말로 전투의 상징이었다. 지크바르트 3세가 출현함에 따라 대륙의 지도가 변했다고 해도 과언이 아니었다.

그리고 로데리히는 지크바르트 3세의 손과 발이 되어 언제 어디서나 선두에 서서 싸워온 공로자였다.

"이런 시골구석에 틀어박혀 있어도 나랏일이 보이는가 보군?"

"아델리느 황비님의 회임 소식은 이 시골구석에도 전해졌습니다. 모다브 왕국의 사자가 보내온 축하 물품이 저희 가문까지 도착했습니다. 소문대로 풍요로운 나라입니다."

지크바르트는 얼핏 보기에는 나무랄 데 없는 네 명의 아내를 들였지만, 차례차례 비참한 결말을 맞이했다. 풍요로운 모다브 왕국의 제1왕녀인 아델리느가 다섯 번째 아내가 되어 처음으로 지크바르트의 아이를 회임했다. 지크바르트와 측근뿐만 아니라 온 볼프스베데 황국 안이 기쁨으로 들끓었다.

하늘과 땅이 갈라져도 로데리히는 아델리느를 지켜야만 했다.

"아델리느 황비님께서는 모다브 왕국의 보물이야. 모다브 국왕 폐하의 기쁨도 무척이나 크시겠지."

"경사스러운 일입니다."

엘리어스도 황비의 회임에는 마음이 들떴던 것이었다.

"엘리어스, 친위대의 일원으로서 아델리느 황비님의 경

호를 맡아라."

별안간 아무런 예고도 없이 로데리히는 불손한 태도로 말을 꺼냈다. 농담을 할 사내는 아니니 진심이리라.

지크바르트의 명에 따라 황비의 경호 담당자는 로데리히였다. 각 나라가 모다브 왕국을 노렸던 이전 싸움에서는 로데리히가 볼프스베데 황국에 남아 아델리느를 지켰었다.

"……네? 아델리느 황비님의 경호? 제게는 무리입니다."

여자라는 사실을 들키지 않게끔 몰래 성에 틀어박혀 일생을 보낸다. 이것이 엘리어스에게 주어진 인생이었다. 볼프스베데 황국의 가장 지위가 높은 여성으로서 주목을 한 몸에 모으는 아델리느를 섬긴다면, 끝까지 숨겨야만 하는 자신의 비밀이 금세 백일하에 드러날 것이 뻔했다

"황제 폐하의 어명일지니."

그 어떤 황제의 명령이라도 승복할 수 없었다. 정예만이 모인 친위대는 지크바르트 세력의 최대 주력으로 주목받는 단체다.

"로데리히, 저는 몸이 약해서 전투에도 나갈 수 없는 쓸모없는 슈라이히가 가주입니다. 수치를 주지 마십시오."

엘리어스는 괴롭다는 표정을 지으며 일찍이 근위대 입대를 사퇴한 이유를 댔다. 세상을 뜬 아버지의 부관이었던 근위대 장군도 애석하게 여겼던 바였다.

"전투가 아니야, 아델리느 황비님의 호위지. 무엇보다 귀공의 실력이 녹슬지 않았어. 근위대 안에서도 충분히 통할 정도네."

로데리히는 자랑스럽다는 듯이 다부진 종자들과 맞섰던 엘리어스를 칭찬했다. 검은색 복장으로 몸을 감싼 남자들이 동조한다는 양 맞장구를 쳤다. 아무래도 그들은 근위대 병사인 모양이었다.

"저를 시험했던 겁니까?"

지금도 검술 단련은 빼먹지 않았지만 유감스럽게도 실전 경험이 부족했다. 볼프스베데 황국의 치안은 좋지 않은 편이라 흉악한 사건이 각지에서 빈번히 일어났다. 빈부 격차가 심해서 언제 어디서 무슨 일이 일어날지 모르는 것이었다.

"황제께서 주최하시는 대회에서 우승할 만해."

로데리히는 검의 달인으로 황제가 주최한 검술 대회에서 어떤 부문에서도 우승해 왔다. 세상을 떠난 아버지가 대놓고 칭찬하고는 했었다.

"어린 시절의 일입니다. 지금 대회에 출전하면 일 승도 거두지 못합니다."

검술 대회는 누가 우승할지 대대적으로 내기도 이루어졌다. 로데리히는 망설임 없이 엘리어스에게 걸겠다고 했다.

"귀공은 어머님을 너무 닮고 말았어. 너무 가늘어."

"예, 단련해도 근육이 붙지 않습니다."

오기가 생겨 몸을 단련하려고도 했었지만 금세 덧없는 꿈이라는 사실을 뼈저리게 깨달았다. 유모의 손자의 팔과는 비교가 되지 않았다.

"호위니까 가늘어도 상관없어."

"로데리히, 잊으셨습니까? 저는 폐하의 앞에서 쓰러진 적이 있습니다. 부끄러울 따름입니다."

열세 살 때, 엘리어스는 황제가 주최하는 검술 대회에서 우승해서 잠시 동안 수도에 머물렀었다. 하지만 지크바르트를 알현한 날, 엘리어스는 그만 빈혈을 일으켜 쓰러지고 말았다. 마침 달거리가 시작되었던 것이다.

"쓰러져도 괜찮아."

우수한 사내라고는 생각할 수 없는 말에 엘리어스는 단정한 미간을 찡그렸다. 빈혈로 쓰러지는 호위 따위는 없는 편이 나았다.

"저도 슈라이히가의 가주이니 책임을 질 수 없는 일은 하고 싶지 않습니다."

"진심으로 믿고 아델리느 황비님을 맡길 수 있는 자가 적어. 의미는 알겠지?"

일찍이 젊은 황제나 측근들을 깔보고 여기저기에서 모반

의 불길이 올랐었다. 패배를 모르는 황제의 치세는 얼핏 보기에는 반석에 오른 듯이 보였지만 지금도 불씨는 남아 있었다.

"아델리느 황비님을 노리는 자가 있다는 말입니까?"

황제에게 도전하는 자라면 먼저 황비를 처리하려 할지도 몰랐다. 어쨌거나 황비의 친정이 지닌 재력에는 대국도 넙죽 엎드릴 정도였으니.

"지크바르트 3세 폐하를 무너뜨리고 싶어 하는 패거리라면 아델리느 황비님을 노리겠지. 아델리느 황비님께서 후계자를 출산하기 전에."

아무래도 로데리히는 지크바르트에게 다른 마음을 품은 패거리에 대해 짚이는 바가 있는 모양이었다.

"예전에 비하면 모반은 잠잠해졌다고 생각합니다만?"

모반을 일으킨 일족에 대한 가혹한 처벌로 괘씸한 패거리를 억눌렀다는 사실은 확실했다. 압도적인 무력을 보여주면 좀처럼 반기를 들 수 없다.

"안이한 소리 하지 마. 어디에서 모반자가 나올지 몰라."

로데리히가 의미심장하게 바라보자 엘리어스는 가볍게 고개를 숙였다.

"그 점은 저도 잘 압니다. 설마 레이만 백작이 모반을 일으킬 줄은 꿈에도 몰랐습니다."

세상을 떠난 아버지가 총애했던 애첩의 오빠인 레이만 백작이 병사를 일으키고는 인척인 슈라이히 공작가에 원군을 요청했던 일이 있었다. 당시 엘리어스는 열다섯 살, 가주로서는 아직 미숙해서 결정권이 주어지지 않은 상태였다.

"오라버니께서는 누군가의 덫에 걸린 거야."

애첩인 헤르미네는 친정이 일으킨 모반에 와들와들 떨었고, 배다른 형인 요한은 고뇌 어린 선택에 몰렸다.

"슈라이히가는 볼프스베데 황국 초대 황제의 제3황자를 선조로 두었습니다. 아버지는 어린 시절부터 지크바르트 1세에게 귀여움을 받았고, 지크바르트 2세 폐하와 지크바르트 3세 폐하께 기사로서 목숨을 바쳤지요. 나도 형님도 아버지의 뜻을 거슬러서는 안 됩니다."

엘리어스는 아버지의 애첩의 친정이 벌인 모반에 가담해 슈라이히 공작가를 멸문시킬 마음은 전혀 없었다. 이 문제만은 애첩 헤르미네나 요한 멋대로 하게 둘 수 없었다.

무엇보다 요한 역시 엘리어스와 마찬가지의 마음이었다. 그 또한 슈라이히 공작가의 서자로 태어난 긍지를 가지고 지금까지 젊은 황제를 한마음으로 섬겨왔다.

"엘리어스, 나도 엘리어스와 같은 마음이야. 폐하께 창을 들이댈 마음은 털끝만큼도 없어. 다만 레이만 백작이 모반을 일으키고 말았어. 이미 우리들도 반역자다."

지크바르트는 반역자 및 일족에게는 용서 없이 잔학왕이라는 이름을 마음대로 휘두르고 있었다. 이 상황에서 엘리어스가 지크바르트에게 복종한다 해도 레이만 백작가와 인연이 있는 슈라이히 공작가로서는 무사히 넘어가지는 못한다.

"형님, 포기하기에는 아직 이릅니다. 저도 형님도 레이만 백작에게 찬동하지 않았습니다."

엘리어스는 지크바르트의 서투르기까지 한 결벽적인 성격을 떠올렸다. 그렇기에 취해야 할 수단을 잘못 선택해서는 안 되었고, 쓸데없이 시간을 낭비해서도 안 되었다.

"어쩔 셈이냐?"

"돌아가신 아버지의 관계자에게서 모반자가 나왔다고 하면 우리 형제의 수치이니 레이만 백작을 처단하지요."

이미 살아남을 길은 하나뿐이었다. 엘리어스가 강한 의지가 실린 눈으로 선언하자 요한은 주저앉을 만큼 놀랐다.

"엘리어스, 레이만 백작은 내 삼촌이다."

"형님에게는 삼촌이어도 저에게는 단순한 모반자입니다. 슈라이히가와 관련 있는 자가 폐하의 치세를 더럽히다니 안 될 말입니다."

엘리어스는 필사적으로 요한과 헤르미나를 억누른 후 군

을 이끌고 레이만 백작을 쳤다.

그 덕분에 슈라이히 공작가는 지금까지도 건재했다.

엘리어스가 기사로서 충성을 맹세하자 지크바르트는 만족스럽다는 듯이 길게 째진 눈을 가늘게 떴었다.

그 신뢰는 지금도 두터웠다. 또한 신뢰를 배반할 생각도 없었다. 정확하게 말하자면 신뢰를 잃고 싶지 않았다. 지크바르트는 외골수인 만큼 이쪽이 성의를 보이면 제대로 응해주기 때문이었다.

"용서해 주십시오. 제 약한 몸으로는 짐이 너무 무겁습니다."

간신히 유모가 의식을 되찾고는 심상치 않은 사태에 눈을 희번덕거렸다. 그녀가 얼굴을 아는 로데리히를 향해 부들부들거리며 삿대질을 했다.

로데리히는 유모의 반응을 무시하고는 무시무시한 박력을 뿜어냈다.

"황제의 명령을 거스르면 어찌 될지 알고 있겠지?"

"협박하는 겁니까?"

"힘으로라도 끌고 가겠다."

로데리히는 예리한 동작으로 검을 뽑더니 새파랗게 질린 엘리어스를 몰아붙였다. 유모가 갈라진 비명을 지르며 엘리어스를 지키려고 바닥을 기어 다가갔다.

"이 무슨 억지스러운!"

아무리 뭐라 해도 유모 앞에서 검을 나눌 수는 없는데다, 그녀로선 로데리히는 도저히 당해낼 수 없었다.

"엘리어스, 귀공에게 난폭한 행동은 하고 싶지 않아. 서둘러 준비해 주었으면 한다."

'준비 따위 필요 없지 않나' 하고 로데리히가 은연중에 재촉하는 분위기를 풍겼다. 그가 신출귀몰하다고 칭해지는 지크바르트를 따르는 기사 중의 기사인 이유였다.

"새삼스레 말해두겠습니다. 저는 도움이 되지 않습니다."

"상관없다. 귀공의 이복형인 요한에게는 승낙을 받았다."

로데리히에게서 생각지도 못한 이름이 튀어나오자 엘리어스는 아름다운 눈을 치켜떴다.

"형님이 승낙했습니까?"

엘리어스는 슈라이히 공작가의 가주였지만 아직 어려서 이복형인 요한을 후견인으로 두고 있었다.

이전 후견인은 슈라이히 공작가의 재산을 횡령해서, 엘리어스는 로데리히의 힘을 빌려 연을 끊은 일이 있었다.

"명예로운 일이라고 요한은 기뻐했지."

"요한에게 어떤 대가를 준 겁니까?"

그의 어머니인 헤르미네는 욕심이 많았지만 요한도 만만치 않았다. 아무런 보답도 없이 엘리어스를 밖으로 내보낼 리 없었다. 무엇보다 그들은 엘리어스가 수도로 나가 공적을 쌓는 일을 꺼려했다. 예전에 황제가 주최하는 검술 대회에 출전시킨 이유는 유폐되었던 엘리어스가 일회전에서 비참하게 질 것이라고 예상했기 때문이었다.

"요한의 어머니의 여동생이 낳은 자식을 근위대에 넣었다. 아직 젊지만 장래성이 있어."

헤르미네는 친정이 모반을 일으켜서 망했어도 얌전히 있을 여성이 아니었다. 이번에는 여동생의 아들을 장기말로 삼아 무언가 일을 꾸미는 모양이었다. 아니, 진짜 목적은 슈라이히 공작가의 가주 자리라는 사실은 알고 있었다. 엘리어스를 장사 지내고서 요한에게 슈라이히 공작가를 잇게 만들고 싶은 마음이리라.

"그뿐입니까?"

"요한의 여동생인 카롤리네를 아델리느 황비님의 시녀로 삼았다."

애당초 헤르미네는 카롤리네를 지크바르트의 다섯 번째 비로 만들고 싶어 했다. 지금도 헤르미네는 카롤리네를 권력자에게 시집보내겠다는 야심을 버리지 않고 있었다. 볼프스베데 황국 제일의 여성 곁에 카롤리네를 보내두고는 호시탐탐 권력자를 노리리라.

"카롤리네가 아델리느 황비님의 시녀로 말입니까."

"긍지 높은 슈라이히 공작가의 가주, 황제의 명을 따르라."

저항할 사이도 없이 수도행이 결정 났다. 유모와 그 손자의 동행도 허락되지 않아서 엘리어스는 눈앞이 캄캄해졌지만, 이미 되돌릴 수는 없었다.

어쩌면 좋을지 어째야 하는지, 엘리어스는 침착한 태도를 보이는 로데리히의 곁에서 생각했다.

하지만 아무리 고민해 봤자 답은 나오지 않았다. 그녀가 고뇌하는 동안 기억에 남아 있던 풍경이 엘리어스의 시야에 날아들어 왔다.

2장

볼프스베데 황국의 심장, 즉 황제의 거성은 험한 산 위에 세워져 있었는데 당연하게도 적과 싸우기 위해 지어진 튼튼한 요새였다. 투박하고 중후한 구조의 산성에는 다른 나라의 궁전 같은 화려함은 전혀 없었다. 볼프스베데의 황성은 난공불락의 요새라는 소문은 황국뿐만 아니라 다른 나라에서도 그럴듯하게 돌고 있었다.

'배신자가 나오지 않는 이상 어떤 적도 이 성을 함락할 수 없다' 라고 로데리히는 무어라 형용하기 어려운 표정으로 말했다.

하지만 오랜만에 오른 황제의 거성이 바뀐 모습에는 깜짝 놀라고 말았다. 오로지 투박하기만 했던 성안 이곳저곳에 우아하고 아름다운 일상 용품과 미술품이 장식되어 있었기 때문이다. 비싸 보이는 그 모든 물품들은 황비인 아델리느의 아버지가 보내온 선물이었다.

"……굉장해."

알이 큰 다이아몬드가 박힌 순금의 여신상을 보고 엘리어스는 감탄의 목소리를 흘렸다. 순금으로 만든 천사상이나 정교하게 장식된 꽃병에도 눈앞이 아찔해질 것만 같았다.

"모두 모다브 국왕 폐하께서 보내온 선물이다."

로데리히는 다이아몬드로 만들어진 귀여운 아이 커플 조각을 가리키며 말했다. 그것이면 대포를 실은 군함을 다섯 척 정도 살 수 있으리라.

"다이아몬드는 모다브 왕국의 특산품이었죠."

다이아몬드는 모다브 왕국의 연마술로 인해 그 가치가 발견되었다는 설이 있었다. 모다브 왕국의 다이아몬드는 각 나라의 왕후, 귀족이 하나같이 손에 넣고 싶어 하는 물건이었다.

"다이아몬드뿐만이 아니다. 모다브 왕국의 레이스도 유명하지."

"우리나라에서도 여성분들의 드레스에 모다브 레이스를 이용하게 되었군요."

엘리어스는 새침한 얼굴로 걷는 여성들의 레이스에 시선을 멈추었다. 실용성을 중하게 여기는 기사의 나라에 사는 여성도 젊고 멋쟁이인 황비에게 자극받은 모양이었다.

"눈치챘나."

"지크바르트 폐하께서는 근검절약을 염두에 두고 계시는 게 아니셨습니까?"

부유한 자가 더욱더 부유해지고 가난한 자가 더욱더 가난해지는 악순환이 이어지고 있었다. 그에 지크바르트는 스스로 앞장서서 낭비를 줄이고 사치와는 인연이 없는 생활을 보내왔던 것이었다. 날마다 감자뿐인 식사를 참고 견뎌내고 있다고 들었다.

"폐하께서 아무리 근검절약에 힘을 쓰셔도 효과는 없었지. 경제를 살리는 편이 낫다고 아델리느 황비님께서 설득하셨다."

측근들은 지크바르트를 본받아 사치를 삼갔지만 부유한 자에게는 아무런 억제력도 없었다.

"아델리느 황비님께서 설득하셨습니까?"

"아델리느 황비님 입장에서 보면 나도 폐하도, 크라센 재상도 외무대신도 머리가 굳은 모양이다."

"저도 유연하다는 말은 들어본 적이 없습니다만?"

"젊은 만큼 나나 폐하보다는 유연하겠지."

널찍한 대연회장에서는 아델리느를 중심으로 즐거운 환담을 나누고 있었다. 커다란 테이블에는 모다브산 초콜릿이 몇 종류나 늘어져 있었는데 여태껏 본 적 없는 광경이었다. 아델리느가 나타나고서 볼프스베데 황국은 변한 것이리라.

금갈색 머리카락을 예쁘게 묶어 올린 아델리느는 무뚝뚝한 표정을 한 지크바르트의 입에 모다브산 초콜릿을 집어넣고 있었다.

"지크바르트, 맛있죠. 오라버니께서 마음에 들어하시는 초콜릿 장신이 만든 신작이에요."

모다브 왕국의 국왕뿐만 아니라 왕태자에게서도 사치스러운 선물이 전해졌다. 가난한 볼프스베데 황국에게 있어 모다브산 초콜릿은 사치품이었다.

"……그래."

"이쪽도 드셔보세요. 볼프스베데 황국을 모티프로 한 초콜릿이에요."

아델리느는 서글서글한 미소를 지으며 볼프스베데 황국을 표현한 초콜릿을 집어 들었다.

"우리나라를 모티프로 삼은 초콜릿?"

"오라버니께서 마음에 들어하시는 초콜릿 장인은 재치가 뛰어나요."

'후후후후훗' 하고 아델리느는 즐겁다는 듯 지크바르트의 입에 초콜릿을 집어넣었다.

"어째서 우리나라를 초콜릿으로 나타내지?"

"지크바르트, 어려운 문제를 고민하면 안 돼요. 나라든지 사람이든지 다 초콜릿의 모티프가 될 수 있어요. 와플의 모티프가 될 때도 있어요."

모다브 왕국은 미식의 나라로 이름 높아서, 초콜릿이나 와플은 말할 것도 없이 그 나라에는 뛰어난 명물 요리뿐이었다. 시골구석에 틀어박혀 있던 엘리어스도 모다브 왕국의 미식 생활은 알고 있었다.

'죽기 전에 한 번이라도 좋으니까 먹고 싶은 모다브산 초콜릿' 이라며 젊은 시녀들이 입을 모아 말했던 것이었다.

언제였는지 세상을 뜬 아버지가 전리품인 모다브산 초콜릿을 애첩과 배다른 형에게는 주고, 정실과 엘리어스가 있는 곳에는 얼굴조차 내밀지 않았던 적이 있었다. 어린 엘리어스가 하염없이 우는 어머니를 필사적으로 달랬던 기억이 남아 있다.

"나라든지 사람이든지 초콜릿과 와플의 모티프?"

지크바르트뿐만 아니라 볼프스베데 황국의 국민은 우아

한 모다브 왕국의 미학을 이해할 수 없었다. 사람이든 먹을거리든 기후든 토지든, 볼프스베데 황국과 모다브 왕국은 모든 것이 물과 기름처럼 달랐다.

"이렇게 맛있는 초콜릿으로 표현되었으니 좋잖아요."

아델리느는 주변에 가련한 꽃을 날리면서 지크바르트의 뺨에 키스를 했다. 빅토르 등 주변에 있던 측근들은 그 모습을 보며 눈을 가늘게 뜨며 흐뭇하게 미소 짓고 있었다.

'저, 저분이 군사의 천재라고 칭해지는 지크바르트 폐하인가. 아델리느 황비님의 곁에서 얌전히 초콜릿을 드시고 계셔, 받아 드시고 계셔.'

엘리어스는 잘못 본 것이 아닌가 하고 자신의 눈을 의심했다.

그런 엘리어스의 모습을 눈치챘는지 로데리히는 냉소적인 미소를 흘렸다.

"아델리느 황비님께서는 순진하시고 사랑스러우시지."

아델리느는 유복한 나라에 세워진 장엄한 궁전에서 애지중지 소중하게 자라났다. 어리광조차 부려본 기억이 없는 엘리어스와는 아무런 공통점이 없었지만, 두 사람 모두 같은 나이였다. 그렇지만 아델리느는 몸집이 작아서인지 실제 나이보다 훨씬 어려 보였다.

"그런 모양이로군요."

친위대의 검은 군복이 보는 사람을 압도하는 건지 군복 차림을 한 엘리어스는 실제 나이보다 위로 보였다.

"아델리느 황비님과 너는 같은 나이다."

"예."

"정신 연령은 너보다 어리다고 알아두어라."

마차 안에서 귀가 닳도록 아델리느에 대한 설명을 들었지만, 황비라고는 생각할 수 없는 수많은 행동거지에 엘리어스는 고개를 갸웃거렸었다. 하지만 지금 실제로 아델리느를 보니 로데리히의 말이 거짓이 아니라는 사실을 깨달았다.

"……예."

로데리히를 앞장 세워 엘리어스가 다가가자 지크바르트와 아델리느가 두 사람을 알아챘다.

엘리어스가 긴장한 기색으로 기사로서의 예의를 표하자 아델리느는 순진하게 웃는 얼굴로 손뼉을 쳤다.

"볼프스베데 황국의 기사는 모두 거칠어서 무서워요. 그런데 이렇게 아름다운 기사가 있었네요. 감격했어요."

아델리느는 금갈색 눈을 크게 흔들면서 즐겁다는 양 들떴지만 엘리어스는 어떤 태도를 취해야 좋을지 몰랐다.

"……예."

"볼프스베데 황국의 기사는 어째서 흉악범처럼 무서운

얼굴로 입을 다물기만 하죠? 근위병도 친위대의 병사도 난폭한 사람처럼 무서워요……. 아니, 난폭한 사람보다도 무섭고 박력이 있어요."

험악한 표정을 한 볼프스베데 황국의 병사들의 모습에 아델리느는 제법 당황했던 모양이다.

"아델리느 황비님을 지켜 드려야 할 사명을 띤 자들이라면 표정은 매서워지겠지요."

엘리어스는 세상을 떠난 아버지나 배다른 형을 보아와 익숙했지만 볼프스베데 황국의 병사는 하나같이 억세고 다부졌다. 지크바르트나 로데리히는 미남이었지만 그 박력이 범상치 않았다. 유일하게 부드러워 보이는 외견을 지닌 남자는 신분이 낮으면서도 지크바르트에게 측근으로 발탁된 빅토르 정도였다.

"누구보다도 무서운 사람은 지크바르트지만요. 조금쯤은 웃어줘도 좋을 거라고 생각하지 않나요? 지크바르트는 아직까지도 제게 키스하는 걸 잊고서 외출해 버려요. 아내에게 키스도 하지 않고서 외출하다니 너무하지요? 아내부재병이 너무 심해요."

아델리느의 귀여운 입에서 날아드는 말에 엘리어스는 아연한 표정으로 되물었다.

"아내부재병?"

"로데리히가 가르쳐 주었는데 아내가 없었던 기간이 길어서 병이 들었다고 해요. 평화병도 심각하지만, 아내부재병도 심각해요."

지크바르트에 대해 따지는 아델리느가 귀여워서 엘리어스의 뺨이 자연스럽게 풀어졌다.

"폐하께서는 쑥스러워하시는지도 모릅니다."

외골수에다 사람 대하는 게 서투른 지크바르트의 성격이라면 엘리어스도 잘 알았다. 여성이라면 오해하고 말리라. 화려한 모다브 왕궁에서 온 공주님이라면 더욱 그랬다.

"쑥스러워요? 쑥스러워한다고요? 어째서 쑥스러워하죠……. 아, 잠깐, 어디 가요? 어째서 저를 데려가지 않나요?"

아델리느는 조용히 일어선 지크바르트에게 눈을 치켜떴다. 시집온 이래, 아델리느는 지크바르트에게서 떨어지지 않고 어디든지 그를 따라다니고 있다. 엘리어스가 왕궁으로 불려온 가장 큰 이유였다.

"얌전히 있어."

지크바르트는 날카로운 두 눈을 더욱 매섭게 뜨며 아델리느를 꼼짝 못하게 하려고 했다. 빅토르나 크라센 재상도 동의한다는 듯 진지한 표정으로 맞장구 쳤다.

"싫어요, 부정을 이유로 이혼당하면 곤란한 걸요. 항상 지크바르트 곁에 있겠어요.”

무서운 일이지만 부정은 얼마든지 만들어낼 수 있었다. 지크바르트가 트집을 잡아 아델리느와 이혼하는 일은 가능하리라. 다만 엘리어스가 보는 한 지크바르트에게 그럴 마음은 없었다. 무엇보다 아델리느와 모다브 왕국에 수상한 움직임이 없다면 호전적인 지크바르트라 해도 이혼을 하지는 않는다.

아델리느와 지크바르트의 결혼은 볼프스베데 황국의 장래에도 깊게 연관되어 있었다. 어쨌거나 기다려 마지않던 모다브 왕국과의 무역이 체결되었기 때문이었다. 모다브 왕국과의 무역이 잘 풀리면 빈부 격차도 조금은 해소되리라고 지크바르트와 로데리히는 예측했다. 엘리어스라고 해도 모다브 왕국과의 무역에 걸린 명분은 잘 알았다.

“……뱃속에 있는 아이에게.”

지크바르트의 시선 끝은 아델리느의 부푼 배였다. 엘리어스의 눈도 아델리느의 배에 못 박혔다. 이미 산달에 들어서 있다.

“뱃속에 있는 아이를 위해서도 저는 이혼당하고 싶지 않아요. 언제 어디든지 함께 해서 부정을 저질렀다는 소리 따위는 못하게 할 거라고요.”

아델리느가 지크바르트의 팔에 기세 좋게 뛰어들자 주변

에는 무어라 말하기 어려운 긴장감이 퍼졌다.
"얌전히 있어."
'내 아이를 죽일 셈인가' 하고 지크바르트는 날카로운 두 눈으로 아델리느를 책망했다. 물론 정작 중요한 아델리느에게는 통하지 않았다.
"저도 가겠어요."
황제 내외의 사이에 격한 말다툼이 이어졌지만 무거운 몸의 황비가 싸움의 상징이라고 칭송받는 황제에게 이겼다.
황비는 즐겁다는 듯이 미소 지었지만 황제나 측근들의 안색은 몹시 나빴다. 엘리어스도 황비의 몸 상태가 신경 쓰여서 어찌할 바를 몰랐다.
"아델리느 황비님, 괜찮으시겠습니까?"
엘리어스가 새파랗게 질린 얼굴로 묻자 아델리느는 악의 없이 웃는 얼굴로 답했다.
"괜찮아요. 지크바르트의 아이인걸요. 분명 강할 거예요."
'그것과 이것은 다를 텐데' 하는 말이 목구멍까지 올라왔지만, 엘리어스는 가까스로 멈출 수 있었다.
"확실히, 그럴지도 모르겠습니다만."
'지크바르트보다 아델리느 쪽이 정신적으로 강한 것이

아닐까' 하고 엘리어스는 생각하고 말았다.

"엘리어스, 당신도 제법 걱정이 많군요? 유모가 가르쳐 주었는데 출산은 병이 아니에요. 출산보다 무서운 일은 지크바르트에게 이혼당하는 거예요. 저는 이혼 따위 하고 싶지 않은걸요."

이혼을 이야기하는 아델리느에게는 소름끼쳐하는 듯한 기색이 있었다.

"지크바르트 폐하께서는 그렇게 아델리느 황비님을 불안하게 하시는 겁니까."

엘리어스가 의미심장한 눈으로 바라보자 지크바르트의 표정은 강적을 맞이한 것처럼 험악해졌다. 옆에 있던 로데리히와 빅토르의 얼굴도 굳어졌다.

"엘리어스, 잘 말해주었어요. 그래요, 저를 불안하게 하는 지크바르트가 나쁘다고요."

'나쁜 사람은 지크바르트죠' 하고 아델리느는 몰아붙였다.

"그러시군요."

"물론 정략결혼이긴 하지만 저는 이렇게 지크바르트를 좋아하는데, 지크바르트는 여전히 차갑다고요."

모다브 왕국의 국왕 내외는 정략결혼이지만 금슬 좋은 부부라고 들었다. 국왕은 애첩을 한 사람도 두지 않고 아델리느의 어머니인 왕비를 소중히 여겼다. 지크바르트의 양친도 정략결혼이었지만 결코 화목한 부부는 아니었다. 그러나 황제와 황비로서 서로 신뢰했던 부부였다. 엘리어스의 세상을 떠난 어머니는 지크바르트의 양친 부부를 부러워했었다.

"지크바르트 폐하를 사랑해 주셔서 감사드립니다."

엘리어스는 겉치레도 아니거니와 빈말도 아닌, 진심으로 아델리느에게 감사했다.

"엘리어스도 로데리히나 빅토르와 같은 말을 하는군요."

"지크바르트 폐하께 충성을 맹세한 자라면 마찬가지 의견일 겁니다."

"지크바르트에게 충성을 맹세했어요?"

"앞으로 영원히, 제 충성은 지크바르트 폐하께."

엘리어스는 오른손을 높게 든 후 가슴에 대어, 기사로서의 예의를 표했다. 어린 시절부터 교육 담당에게 철저하게 주입받은 기사의 예의였다.

"그렇다면 지크바르트를 배신하지 않겠네요. 지금까지 실컷 배신당해 온 탓인지 지크바르트는 인간불신에 걸렸어요."

태연하게 무슨 일이든 입에 담는 아델리느의 모습에 당황했지만, 꺼림칙한 기분은 들지 않았다. 아델리느가 진심으로 지크바르트를 사랑하고 있다는 사실이 전해져 오기 때문이었다.

“아델리느 황비님, 그런 염려는 필요 없습니다.”

엘리어스에게 지크바르트를 배신할 마음은 털끝만큼도 없지만, 어쩌면 이미 태어날 때부터 배신한 것이 될지도 몰랐다. 자신이 여자라는 사실을 알면 지크바르트가 어찌 나올지 엘리어스는 상상하기만 해도 등줄기가 얼어붙었다. 지금은 세상을 떠난 아버지에게 다짜고짜 처리될 뻔했던 이유를 뼈저리게 이해할 수 있었다.

“지크바르트가 엘리어스에게까지 배신당하면 불쌍해요.”

아델리느가 지그시 바라보자 엘리어스는 당황하면서도 간신히 대답했다.

“저보다 모다브 왕국입니다. 이렇게 사랑스러우신 아델리느 황비님의 모국에 배신당하시면 지크바르트 폐하가 안쓰럽습니다.”

고독한 지크바르트가 처음으로 움켜쥔 행복이 부서지지 않기를 기도할 따름이었다. 더 이상 고독에 시달리는 사람은 나 하나로 족하다며 엘리어스는 간절히 기도했다.

“안심해요, 모다브 왕국은 평화병에 걸렸어요. 지크바르트를 배신할 만한 배짱은 없어요.”

모다브 왕국의 국왕이 펼치는 노련한 외교술은 대륙 안에서도 평판이 높았다. 그 덕분에 대국의 속국이 되지 않고 독립을 유지해 왔다는 그럴싸한 소문이 돌고 있었다.

"……예."

엘리어스는 말문이 막혔지만 아델리느는 태연하게 말을 이었다.

"모다브 왕국이 얼마만큼 평화병에 걸려 있는지 몰라요? 많은 나라가 적으로 돌아서도 느긋하게 초콜릿을 먹는다고요. 병사는 싸우기 전에 도망쳐 버려요."

"……모다브 왕국의 소문은 들었지만 정말입니까? 그런 나라가 있으리라고는 생각할 수 없습니다."

로데리히에게서 직접 듣긴 했지만 아무래도 믿을 수 없었다.

"있어요. 거짓말이 아니에요. 엘리어스도 한번 기회가 되면 모다브 왕궁을 들러보도록 해요. 회의에 오르는 화제는 맛있는 요리와 과자예요. 중요한 의제가 있어도 대신들은 초콜릿을 먹으며 뭐가 더 맛있는지 비교하고만 있다고요. 볼프스베데 황국의 대신들은 성실하게 회의를 해서 깜짝 놀랐어요."

"……놀랍습니다. 그래도 나라가 돌아가는 겁니까."

다툼이 많은 볼프스베데 황국과는 달리 모다브 왕국은

국왕을 중심으로 귀족이나 상인들이 서로 협력해서 발전한 나라였다. 볼프스베데 황국에서는 기근으로 아사자가 많이 나왔지만, 모다브 왕국에 빈곤이라는 문자는 볼 수 없었다. 로데리히나 빅토르는 모다브 왕국을 부러워하고 있었다. 화려한 모다브 왕궁의 내정에 동요할 수밖에 없었다.

"그래요. 나라가 그렇게 돌아가고 있는 거예요. 야무진 사람은 오라버니 정도예요."

아델리느의 말을 통해 그녀의 오빠인 알베르의 우수함이 전해져 왔다. 아델리느에게 최고로 자랑스러운 오빠이리라.

"아델리느 황비님의 오라버님이라 하시면, 알베르 왕태자 전하 말씀이시지요?"

모다브 왕국의 왕태자는 어린 시절부터 신동이라고 칭송받으며 그 영특함으로 주변의 기대를 한 몸에 모아왔다. 대륙에서 제일 우아한 미남이라고도 칭해졌다.

"네, 오라버니께서 똑똑하셔서 저는 다행이었어요. 까다로운 역사서나 철학서를 읽지 않아도 되었는걸요."

모다브 왕궁에서는 후계자인 알베르가 우수했기에 왕녀는 아무래도 좋다며 천진난만한 아델리느를 자유롭게 키운 경향이 있었다. 아델리느의 곁에 대기한 전 교육 담당인 프랑소와즈가 표정을 심하게 무너뜨렸다.

아직까지도 아델리느가 볼프스베데 황국의 역대 황제 이름을 기억하지 못하는 것에 프랑소와즈나 로데리히는 탄식하고 있었다.

"그러십니까."

"오라버니께서는 하루 종일 공부하셨어요. 저는 공부하기 싫어서 도망쳤는데, 오라버니께서는 도망치지 않으셨어요. 엘리어스, 당신은 도망쳤나요?"

엘리어스는 유폐될 때까지는 슈라이히 공작가의 후계자로서 그 나름대로 교육을 받았다. 세상을 떠난 아버지가 골랐던 교육 담당이 너무나 엄격해서 앓는 소리를 낸 적이 한두 번이 아니었다.

"엘리어스님, 이복형님께서는 한 번에 익히셨습니다."

여러모로 우수한 배다른 형과 비교당한 어린 엘리어스의 마음은 깊게 상처 입었다. 배다른 형도 넌지시 핀잔을 날리곤 했다. 엘리어스는 아델리느 같은 표정으로 배다른 형에 대한 이야기를 할 수는 없으리라.

"저도 공부는 싫습니다만, 도망칠 수가 없었습니다."

슈라이히 공작가의 후계자로 얽매여 있었기에 엘리어스는 도망친다는 생각조차 떠올리지 못했다. 지크바르트나 로데리히 역시 그랬으리라.

"공부에서 도망쳐도 돼요."

"……그, 그렇습니까."

"싸움에서도 도망쳐도 돼요. 지크바르트는 너무 많이 싸워요. 위험한 때에는 도망쳤으면 해요."

볼프스베데 황국 역사상 일찍이 없었던 황비라고 측근들이 입을 모았던 마음을 잘 알겠다. 지금까지의 네 황비와는 전혀 달랐다.

그렇기에 황제와 잘 지내는지도 몰랐다. 황비는 밝고 구김살 없어서 곁에 있기만 해도 기분이 밝아졌다. 봄의 여신이라고 불리는 까닭도 이해할 수 있었다.

그러나 무거운 몸으로 지크바르트의 뒤를 쫄래쫄래 따라다니는 행동은 삼가게 하는 편이 좋을 듯했다.

지크바르트는 육군 기숙사를 돌아보고 나서 해군 기숙사를 시찰했다. 해전이 특기인 웨이스데일 제국의 위협이 큰 만큼 해군 관계자들은 신경이 곤두서 있었다. 대포대의 병사와 이야기 나눈 뒤 새로 설치된 탄약고로 향했다. 어느 쪽도 고귀한 여성이 발을 옮길 장소는 아니었다.

엘리어스는 조마조마한 마음으로 지크바르트에게 달라붙는 아델리느를 지켜보았다.

*　　*　　*

밤이 되자 엘리어스는 아델리느에게 인사를 하고 나서 성 안에 배정된 방으로 돌아왔다. 볼프스베데 황국의 장인이 만든 간소한 침대나 옷장, 책상이나 의자에 섞여 모다브 왕국에서 보내온 일상 용품이 장식되어 있었다.

"모다브는 얼마나 돈이 많은 거지."

엘리어스는 새삼스럽게 모다브 왕국의 부유함에 감탄하고 말았다. 장서를 베껴서 푼돈을 벌었던 슈라이히 공작가와는 비교할 것까지도 없었다. 전쟁 때마다 자금 마련에 분주한 볼프스베데 황국과는 차원이 달랐다.

"물러가라."

예절 교육이 잘된 하인을 물리고서 엘리어스는 단단한 의자에 앉았다. 테이블에는 모다브 초콜릿이 놓여 있었다.

"아델리느 황비님께서 조금 더 정숙하게 행동해 주신다면……."

아델리느가 저 정도까지 말괄량이가 아니었다면 엘리어스가 시골구석에서 끌려올 일은 없었을 것이 틀림없다.

아델리느에게는 호감을 가지고 있었지만 자신이 커다란 비밀을 품고 있는 만큼 괴로웠다. 어떻게 하면 슈라이히 공작가의 체면을 유지한 채 다시 영지로 내려갈 수 있을지,

엘리어스는 필사적으로 머리를 굴렸다.

"……병약함을 이유로 삼을 수밖에 없나. ……쓰러져 볼까. 그건 그것대로…… 의사를 부르면 끝이야."

엘리어스가 양초 불빛을 바라보면서 신음하고 있노라니 경쾌한 노크 소리가 울려 퍼졌다. 다름이 아니라 배다른 형 요한과 배다른 여동생 카롤리네가 방문한 것이었다. 등 뒤에는 세상을 떠난 아버지의 애첩인 헤르미네가 있었다.

'무언가 있다. 무언가를 할 셈이다. 무언가를 시킬 셈이다' 하고 엘리어스에게 불길한 예감이 퍼졌지만, 방에 들이지 않을 수는 없었다.

"다 같이 어찌 된 일입니까."

'피곤하니 짧게 부탁드립니다' 하고 엘리어스는 괴롭다는 양 가슴을 움켜쥐었지만, 아무도 걱정하는 말은 건네지 않았다.

'병약하다면 냉큼 죽어버리면 좋을 텐데' 하고 헤르미네가 뒤에서 엘리어스를 매도하고 있다는 사실은 알고 있었다.

"슈라이히 공작, 아델리느 황비님의 호위를 명받은 명예를 중히 여기십시오."

고압적인 헤르미네의 말에 엘리어스는 신경이 뒤틀렸지만 꾹 참았다.

"몸이 약한 저에게는 짐이 너무 무겁습니다. 하루라도 빨리 임무에서 벗어났으면 합니다."

"슈라이히 공작이 한심하군요. 당신도 슈라이히 공작이라면 그 소임을 다하십시오. 그건 그렇고 아델리느 황비님의 오라버님이신 알베르 전하께서 오신다지요?"

아델리느의 왈가닥 기질에 지크바르트나 로데리히가 두려움에 떠는 와중, 빅토르가 모다브 국왕에게 편지를 보냈다고 한다. 그 결과 감시 역할로서 알베르가 볼프스베데 황국에 오게 되었다. 물론 아델리느는 오빠가 자신의 감시 역할로 오는 것이라고는 생각지 않았다.

"예, 며칠 안에 도착하신다고 들었습니다."

지크바르트가 이끄는 군대라면 바람 같은 속도로 도착했겠지만 화려한 알베르 일행은 느긋했다.

"카롤리네를 알베르 전하께 바치고자 합니다. 그렇게 아십시오."

모다브 왕국의 긍지 높은 왕태자에게는 각 나라의 왕녀 측에서 혼담이 들어오고 있었지만, 그 어떤 아름다운 공주에게도 눈길을 주지 않는다는 소문이 돌았다.

가난한 볼프스베데 황국의 공작의 서녀와 모다브 왕국의 왕태자가 어울리리라고는 생각지 않았다. 헤르미네의 크나큰 야망에 엘리어스는 곤혹스러웠지만 얼굴을 맞대고 불평을 할 수는 없었다.

"제게 이견은 없습니다."

어차피 카롤리네를 지크바르트의 다섯 번째 왕비로 들이려고 했던 때처럼 쌀쌀맞게 거절당하리라.

"슈라이히 공작에게 이견이 없다면 서둘러 알베르 전하께 타진해 주십시오."

헤르미네의 청에 엘리어스는 눈을 휘둥그레 떴다.

"제가 타진하는 겁니까?"

"슈라이히 공작의 소임입니다."

"형님이 계십니다. 제가 나설 자리는 없습니다."

엘리어스가 어깨를 움츠리자 요한은 쓴웃음을 흘렸다.

"엘리어스, 나는 서자다. 내가 왕태자 전하께 타진할 수는 없지만, 슈라이히 공작인 엘리어스라면 할 수 있지."

요한이 자신의 신분을 언급하자 헤르미네는 분하다는 양 드레스를 움켜쥐었다.

"본래대로라면 내가 슈라이히 공작부인이었어요. 그리고 요한이 슈라이히 공작이었겠죠."

엘리어스의 어머니도 탄식했었지만, 정실과 첩실의 차이는 컸다. 헤르미네가 정실이 되었다면 서녀 신분으로 태어난 카롤리네의 입장도 달랐으리라.

카롤리네를 지크바르트의 다섯 번째 황비로 삼으려고 일

을 도모했을 때, 대신이나 측근들이 한마디로 일축했다고 한다. '첩의 아이라니 말도 안 된다' 라고.

"알고 있습니다."

"엘리어스, 선대 공작께선 당신의 어머님께서 돌아가신 후에 나와 정식으로 결혼해 주시기로 했었어요. 그런데 그렇게나 어이없게 가버리시다니……."

엘리어스의 어머니가 병으로 떠난 후 아버지는 애첩과 재혼할 셈이었던 모양이었다. 헤르미네를 정실로 맞이하면 당당하게 장남인 요한을 후계자로 삼을 수 있다. 엘리어스가 유폐되어 있으면 슈라이히 공작가는 평안할 수 있다.

그런데 운명의 장난인지 엘리어스의 어머니가 세상을 떠난 후 한 달도 못 되어 아버지가 전사했다.

헤르미네의 낙담은 대단했다고 한다.

무엇을 어떻게 말해야 좋을지 엘리어스가 말을 고르고 있노라니, 헤르미네가 목소리를 높였다.

"엘리어스, 슈라이히 공작의 의무입니다. 카롤리네를 알베르 전하의 비로 추천하십시오."

엘리어스가 아무리 노력해도 유복한 나라의 왕태자가 상대인 혼담을 엮어낼 수는 없으리라.

"카롤리네의 행복한 결혼은 저도 간절히 바랍니다. 다만 상대가 너무 거물입니다. 모다브 왕국은 대륙에서 제일 유복한 나라, 치안도 좋고 문화도 산업도 뛰어나서 우리나라와는 전혀 다릅니다. 슈라이히 공작가와는 어울리지 않습니다."

모다브 왕국의 제1왕녀를 지크바르트가 맞이했을 때 엘리어스는 적지 않게 동요했었다. 그런 부유한 나라에서 온 제멋대로인 공주를 우리나라가 감당할 수 있을까, 하고.

"카롤리네의 아름다움과 교양이 있으면 문제없습니다."

헤르미네는 카롤리네에게 자신의 꿈까지 맡긴 듯한 기분이 들었다. 요한은 씁쓸함이 가득 찬 얼굴로 한마디도 참견하지 않았다.

"제가 알베르 전하께 직접 제의할 수는 없습니다. 일단 로데리히에게 넌지시 타진해 보겠습니다."

거성에서 가장 말을 걸기 쉬운데다 지크바르트에게 가까운 사람은 로데리히였다. 정확히 말하자면 로데리히 이외에는 좀처럼 선뜻 말을 걸 수가 없었다.

"로데리히가 잘하는 건 전쟁뿐입니다. 로데리히 본인이 독신이니 알베르 전하와 카롤리네의 혼담을 엮을 수 있으리라고는 생각지 않습니다."

헤르미네가 내놓은 로데리히에 대한 평가는 정확해서 엘리어스도 이의를 제기할 수 없었다.

"기회를 엿보아 지크바르트 폐하나 아델리느 황비님께

말씀드려 보지요……. 아, 그러고 보니 카롤리네는 아델리느 황비님을 시녀로서 섬기고 있지 않습니까? 아델리느 황비님께서 추천하시는 편이 가장 좋지 않겠습니까?"

문득 카롤리네의 현재 상황이 떠올라서 엘리어스는 아델리느의 이름을 입에 올렸다. 여동생의 추천이라면 알베르도 허투루 대하지는 않으리라. 주변으로부터 카롤리네나 슈라이히 공작가가 비판받는 일도 없다.

"아델리느 황비님께서는 너무 순진하신 탓인지 사람을 보는 눈이 없습니다. 아델리느 황비님께서는 알베르 전하의 비 후보에 빅토르의 사촌 누이 이름을 거론하셨어요. 그 신분 낮은 계집을……."

헤르미네는 악마 같은 표정으로 매도했지만 정작 카롤리네 본인은 부끄럽다는 듯이 고개를 숙였다. 빅토르의 사촌 누이는 재색을 겸비한 것으로 이름 높아서 지크바르트의 다섯 번째 황비의 가장 유력한 후보였다. 측근인 로데리히나 크라센 재상도 마음에 들어 했다고 한다. 다만 애석하게도 빅토르와 마찬가지로 신분이 낮다는 점이 흠이었다. 황제를 정점으로 한 계급 사회에서 가문이나 신분은 문제시되었다.

"아아, 빅토르의……."

"내 딸 카롤리나도 그에 못지않아요. 엘리어스, 알고 있겠죠? 카롤리네는 당신의 이복 누이입니다. 이복 누이의 행복을 방해하지 마십시오."

'당신과 당신의 어머니 탓에 나와 아이들의 인생이 어긋났어요' 라고 헤르미네는 은연중에 암시했다.

엘리어스는 질색했지만 이 상황에서 반론해 보았자 시간 낭비였다. 애매한 미소와 말로 초대받지 않은 손님들을 돌려보냈다.

3장

아델리느의 호위를 맡고나서 눈 깜짝할 사이에 열흘이 지났다.

어디든지 지크바르트를 따라다니는 아델리느의 모습에 간담이 서늘해지면서도 엘리어스는 말없이 뒤를 따랐다. 지금 상황에서는 아무런 문제도 없었다.

로데리히에게 알베르와 카롤리네의 혼담을 타진했지만 예상대로 그 자리에서 기각당하고 말았다. 애당초 로데리히는 헤르미네를 좋아하지 않았다.

"내일 오라버니께서 수도에 도착하시는 모양이에요."

아델리느는 즐겁다는 듯이 알베르의 예정을 언급했지만 지크바르트는 무뚝뚝한 표정으로 나직이 말했다.

"대체 어디에서 놀다 오는 건가."

엘리어스뿐만 아니라 볼프스베데 황국의 기사 모두가 품은 의심을 지크바르트가 의아하다는 표정으로 입에 담았다.

"지크바르트, 무슨 소리를 하는 거예요. 지크바르트의 군대처럼 자지도 쉬지도 않고 말을 달리면 모다브의 귀족도 병사도 죽고 말거예요."

"나약하긴."

엘리어스가 마음속으로만 담았던 말을 지크바르트는 당당하게 입에 올렸다.

"지크바르트나 볼프스베데 황국의 병사가 너무 강한 거라고요……. 엘리어스는 드물게 몸이 약하지요?"

아델리느에게 악의가 없다는 사실은 알고 있기에 엘리어스는 부드러운 미소로 답했다.

"부끄러울 따름입니다. 저도 지크바르트 폐하의 기사로서 전장에 나서고 싶었습니다."

"부끄러워할 필요 없어요. 무엇보다 몸이 약해도 검의 달인이라고 들었어요."

엘리어스가 열세 살 때 결승전에서 쓰러뜨렸던 상대가

빅토르를 섬기고 있었다. 성격 좋은 상대였기 때문에, 지금도 칭찬해 주는 것이리라.

"별것 아닙니다."

"모다브의 남자라면 자만할 거예요. 어째서 자만하지 않나요?"

"자만할 만한 실력이 아니기 때문입니다."

"모다브에서는 말이죠, 자만할 만한 실력이 아닌 남자가 자만해요. 오라버니께서도 매우 난감해하셨어요."

아델리느가 손을 살랑살랑 내젓자 알베르의 고뇌를 알기 때문인지 지크바르트가 냉소적으로 입매를 일그러뜨렸다. 로데리히는 결코 화나게 만들어서는 안 되는 상대라고 알베르를 평가하고 있었다. 단순히 세상물정 모르는 왕자가 아니라고.

"오라버님이신 알베르 전하께서는 총명한 왕태자시라고 들었습니다."

"그래요, 저와 다르게 오라버니께서는 우수하셨어요. 그런데 지크바르트랑 로데리히는 너무해요. 오라버니를 남색가라고 말한다고요."

아델리느는 뾰로통한 표정으로 지크바르트와 로데리히를 검지로 가리켰다.

'알베르 전하는 남색가겠지' 라고 지크바르트와 로데리

히의 눈빛은 대놓고 주장하고 있었다. 엘리어스 역시 어딘가에서 들은 기억이 있었다.

"……남색가? 그러고 보니 그런 소문을 언뜻 스쳐 들어본 것 같은 기분이……."

엘리어스의 말을 가로막으려는 듯이 아델리느가 새된 목소리로 말했다.

"오라버니께서는 남색가가 아니에요. 예전의 약혼자를 계속 사랑하고 계신 것뿐이라고요."

알베르는 태어날 때부터 정해진 약혼자였던 슈베르니 왕국의 제2왕녀를 깊이 사랑했다. 그렇지만 결혼하기 전, 슈베르니 왕국은 지크바르트의 손에 멸망당했다.

"슈베르니 왕국의 제2왕녀인 에드위나님을 아직도 사랑하시는 겁니까."

"그래요, 오라버니께서 남색가라든가 하는 헛소문은 믿지 말아요. 볼프스베데 황국 사람은 정보전이 너무 서툴러요."

여태껏 몇 번이고 정보전에서 뒤처진 탓에 지크바르트는 여러 번 궁지에 몰렸었다. 세상을 떠난 엘리어스의 아버지처럼 정보전을 가벼이 여기는 경향이 없잖아 있었다.

"그렇습니까."

"엘리어스, 오라버니께서 남색가라는 소문을 들으면 정

정해 주세요. 정보전은 꾸준한 노력이 필요해요."

엘리어스가 미묘한 표정으로 고개를 끄덕이자 아델리느는 지크바르트에게 시선을 보냈다.

"지크바르트, 오라버니께 빅토르의 사촌 누이를 주세요."

아델리느가 툭 까놓고 말하자 지크바르트는 사내다운 미간을 찡그렸다.

"내게 말하지 마."

지크바르트가 냉철한 눈으로 퇴짜를 놓자, 아델리느는 말없이 서 있는 빅토르에게 시선을 보냈다.

"그럼, 빅토르. 그 아름답고 다정한 사촌 누이를 오라버니께 주세요."

"아델리느 황비님, 저희 집안은 모다브 왕태자께 시집보낼 만한 가문이 아닙니다."

빅토르가 기사의 예로써 꾸벅 인사하자 아델리느는 눈을 치켜떴다.

"이 경우, 그런 문제는 아무래도 좋아요. 이대로라면 오라버니께서는 평생 독신이라고요. 억지로라도 결혼시켜야 해요."

"모다브 국왕 폐하께도 생각하시는 바가 있으시겠지요."

명군이라고 존경받는 모다브 국왕이 언제까지 왕태자를

내버려 둘 리가 없었다. 마땅한 수를 쓸 터였다.

"아바마마께서는 이미 오라버니의 결혼을 포기하신 모양이에요. 출가하는 것보다 낫다고 말하시는걸요."

도무지 엘리어스가 카롤리네와의 혼담을 권할 분위기가 아니었다. 지크바르트와 로데리히는 시치미를 떼는 표정으로 무시했다. 물론 엘리어스도 지크바르트와 로데리히를 따라했다.

"지크바르트, 오라버니께서 결혼하지 않으시면 때려도 좋아요. 발로 차도 좋으니 오라버니를 결혼시켜 줘요오."

아델리느가 흥분한 나머지 손을 휘둘렀을 때 젊은 근위병이 찾아왔다. 아무래도 예정보다 빠르게 알베르 일행이 수도에 도착했다는 듯했다.

"알베르 전하를 환영할 준비를 해라."

로데리히의 한마디에 황제의 거성이 떠들썩해졌다.

*　　*　　*

알베르가 황제의 거성에 나타난 순간, 죽 늘어선 귀부인들은 마음을 꽉 사로잡힌 모양이었다. 금갈색의 부드러워 보이는 머리카락과 눈동자, 오뚝한 콧날에 기품 있는 얇은 입술. 이렇게 우아한 귀공자는 볼프스베데 황국에는 한 사람도 없었다.

'이런 남자가 이 세상에 있었나. 꿈결만 같은 왕자다' 하고 엘리어스도 알베르에게 눈을 빼앗겼다. 지크바르트나 로데리히도 생김새 자체는 단정했지만, 유감스럽게도 박력이 지나치게 넘쳤던 것이다.

알베르는 대수롭지 않은 행동도 나긋나긋해서, 무엇을 해도 모다브 왕궁의 세련된 문화가 느껴졌다.

"오라버니~ 건강해 보이시네요."

아델리느가 기세 좋게 안겨들자 알베르는 아름다운 눈을 흐렸다.

"아델리느, 너는 황비니까 조금 더……."

알베르가 궁정식 예의를 차리지 않는 여동생에게 쓴소리를 하자, 시종장인 세브란도 동의한다는 양 끄덕였다. 역시 아델리느가 상식 외였던 것이다.

물론 아델리느는 깡그리 무시하고 알베르의 뺨에 재회의 키스를 했다. 알베르도 아델리느의 뺨에 키스를 되돌려 주었다.

아름다운 남매의 재회 장면은 그것만으로 그림이 되었다. 너무나도 아름다운 나머지 아델리느의 곁에 있던 군복 차림을 한 지크바르트나 로데리히가 무뢰배로 보일 정도였다. 아델리느의 시녀가 황비의 방에 찾아온 지크바르트를 불한당으로 착각해서 비명을 질렀다는 이야기가 뼈저리게 이해되었다.

“오라버니, 감자 요리 이외의 볼프스베데 요리를 드셔보셨어요? 소박한데다 의외로 맛있어요.”

아델리느는 꺅꺅거리며 촐랑거렸지만 알베르는 붓으로 그린 것만 같은 미간을 찡그렸다.

“아델리느, 몸 상태는?”

알베르는 임신 중인 아델리느를 염려하며 부푼 배에 시선을 멈추었다. 모다브 왕국에게도 소중한 적자였다.

“괜찮아요, 오늘도 아침부터 이단 산딸기 케이크와 와플의 탑과 피스타치오를 넣은 초콜릿을 먹었어요.”

식욕만 있으면 괜찮다고, 아델리느에 관해서는 이야기를 듣고 있었다. 미식의 나라에서 온 공주님의 왕성한 식욕에는 엘리어스도 놀랐다. 엘리어스보다 작은 몸집인 아델리느 쪽이 몇 배나 잘 먹었기 때문이었다.

“영양이 치우쳐서는 안 된다.”

엘리어스가 품었던 우려를 알베르가 지적했다. 아무래도 아델리느의 과자 사랑은 도를 넘어선 듯한 기분이 들었다.

“오라버니, 신경질적이시네요. 뱃속 아이도 케이크와 와플과 초콜릿을 좋아해요. 아아, 오라버니께서는 아기가 태어날 때까지 볼프스베데 황국에 머물러 주실 거죠?"

"네 출산을 끝까지 지켜보지 않는 한, 나는 걱정되어서 견딜 수 없어."

모다브 국왕 내외도 몹시 염려하며 아델리느의 무사 출산을 기도했다. 지난달에는 모다브 국왕이 저명한 의사까지 보내왔다.

"걱정하는 사람은 저예요. 오라버니, 볼프스베데 황국에서 오라버니의 신부를 찾아냈어요. 소개할게요."

아델리느는 알베르의 팔을 붕붕 흔들며 빅토르에게 눈길을 향했다. 그러나 신부 후보인 빅토르의 사촌 누이는 아무데도 없었다.

"쓸데없는 배려야."

"쓸데없지 않아요. 오라버니께서 언제까지고 독신이시면 안 되잖아요. 후계자는 어쩌실 건가요?"

"아델리느, 사내아이를 둘 낳아라. 하나는 내가 데려가겠다."

알베르는 지크바르트와 아델리느의 자식을 양자로 맞이할 셈이었다. 차기 모다브 국왕의 폭탄 발언에 주변은 쥐 죽은 듯이 고요해졌다. 특히 알베르를 곁에서 따르는 측근들의 안색은 대단히 나빴다.

"……무, 무슨 말씀을 하시는 거예요."

아델리느가 귀여운 얼굴을 굳히자 알베르는 지크바르트를 향해서 싱긋 미소 지었다.

"지크바르트 3세, 아델리느가 낳은 귀공의 자식을 제 후계자로 받겠습니다."

알베르의 청에 지크바르트는 날카로운 눈을 더욱 매섭게 떴다.

"성급하다."

단순한 귀족의 양자 입적이 아니라 온 대륙이 노리는 풍요로운 모다브 왕국과 잔학왕이기에 여러 가지 의미로 곤란했다. 섣부르게 굴면 지크바르트가 모다브 왕국을 침략했다고 판단하리라. 어찌 되었거나 모두들 지크바르트가 대륙 제패를 꿈꾼다고 두려워하고 있기 때문이었다. 모다브 국내에서도 지크바르트에 대한 공포는 남아 있었다.

"기억에 담아 두었으면 합니다."

알베르는 지크바르트를 믿고서 굳건한 결속을 바라는 모양이었다. 일찍이 품었던 약혼자의 나라를 멸망시켰다는 원한은 없었다. 그러기는커녕 지금은 앞장서서 지크바르트의 명예 회복 역할을 떠맡고 있었다. 알베르의 정보 조작 덕분에 이전보다 지크바르트의 평가는 좋아졌다.

"비를 맞이할 생각은 없는 건가?"

"없습니다."

알베르가 빙긋 미소 짓자 지크바르트는 기묘한 표정으로 고개를 끄덕였다. 엘리어스는 이런 지크바르트의 모습을 본 적이 없었다.

'헤르미네, 포기하시죠. 정작 중요한 알베르 전하께 그럴 마음이 없다고요' 하고 엘리어스는 마음속으로 아버지의 애첩에게 말을 걸었다.

대연회장에는 배다른 형인 요한도 근위대 병사 자격으로 있었다. 알베르의 한 마디, 한 단어, 빠짐없이 헤르미네에게 전하리라.

아델리느는 투덜투덜 거리며 불평을 이었지만 알베르는 느긋하게 흘려 넘겼다. 볼프스베데 황국 요리를 늘어놓은 환영 연회에서도 전혀 진전은 보이지 않았다.

"엄선한 미녀를 모았지만 알베르 전하께서는 눈길도 주지 않아."

로데리히가 작은 목소리로 귀엣말하자 엘리어스는 유리잔을 손에 든 채 가볍게 끄덕였다.

"그렇군요."

"소문대로 남색가인가."

아델리느가 아무리 부정해도 절세의 미녀들을 앞에 둔 알베르의 태도가 너무도 냉담했다. 하긴 아델리느를 맞이하기 전의 지크바르트도 마찬가지였지만.

"그런 모양이군요."

"엘리어스, 내일부터 알베르 전하의 호위에 임해라."

일순 로데리히가 무슨 말을 했는지 알 수 없어 엘리어스는 눈을 껌뻑거렸다.

"……네?"

"알베르 전하께서는 내일 도착하실 예정이라고 들었어. 그런데 하루 빨리 도착하셨지. 무언가 있을지도 몰라."

수많은 처절한 수라장을 헤쳐 온 기사는 사소한 일이라도 가볍게 여기지 않았다. 그렇기에 계속 이겨온 것이리라.

로데리히의 우려는 지크바르트나 빅토르의 우려이기도 했다. 아마도 크라센 재상 역시 같은 우려를 품었으리라.

"알베르 전하 쪽에 무언가 있다는 뜻입니까?"

도착을 하루 앞당겨 황제의 거성 안의 실정을 파헤치려고 했던 것일지도 몰랐다. 듣고 보니 엘리어스도 미심쩍었다.

"아니, 이쪽에 무언가 있을지도 몰라."

의심하면 한도 끝도 없는 모양인지 로데리히는 모든 것을 의심하고 있었다. 황위 계승권을 가진 말러 백작이 불온한 움직임을 보이고 있기 때문이리라.

엘리어스 역시 예전부터 황위 계승권을 내세우는 말러 백작을 좋아하지 않았다.

"그래서 제게 알베르 전하의 호위를?"

엘리어스가 두 잔째의 와인을 입에 머금자 로데리히는 평소보다 톤을 낮춘 목소리로 말했다.

"알베르 전하를 반드시 지켜드려라."

알베르의 주변에는 모다브 왕국에서부터 따라온 측근들이 있었지만, 시종장인 세브란 이외에 실력 있어 보이는 자는 없었다. 로데리히가 아니더라도 알베르의 호위에 불안을 품으리라.

지크바르트는 '알베르는 얼굴로 측근을 고른 건가' 하고 떫은 표정으로 말을 흘렸었다.

"저는 체력에 자신이 없습니다. 알베르 전하의 앞에서 꼴사납게 쓰러지고 싶지 않습니다."

알베르보다 아델리느의 호위 쪽이 편하다고 엘리어스는 순간적으로 판단했다. 아델리느가 항상 지크바르트에게 달라붙어 있기 때문이었다.

"몸에 자신이 없는 엘리어스 쪽이 주의 받지 않고 잘해낼 수 있을 거야."

로데리히의 말투에서 엘리어스는 자신에게 부여된 사명을 깨달았다.

"……설마, 제게 염탐하라는 말입니까?"

엘리어스가 수상쩍다는 눈으로 바라보자 로데리히는 진

지한 표정으로 끄덕 고개를 주억였다.

"알베르 전하의 진의를 파헤쳐라."

알베르가 지크바르트에게 청한 양자 문제로 벌써 볼프스베데 황국 안에 숨어든 각 나라의 첩자들은 허둥대고 있을 테다. 특히 웨이스데일 제국의 관계자는 이 이야기를 흘려듣지 않으리라. 애당초 아델리느는 웨이스데일 제국에서 황태자비로 바란다는 혼담이 들어와 있었지만 모다브 국왕의 혜안과 결단에 따라 평판이 대단히 나쁜 지크바르트에게 시집왔던 것이다.

"성가신 일을."

엘리어스가 눈빛을 흐리자 로데리히는 나지막한 목소리로 잘라 말했다.

"귀공밖에 없어."

"로데리히, 귀공이 하시지요."

로데리히의 입장상 무리라고 생각하면서도 입에 담지 않을 수 없었다. 엘리어스의 표정이 자연스럽게 험악해졌다.

"나에게는 무리야."

'알고 있겠지' 하고 로데리히는 녹색 눈으로 말했다.

"빅토르에게 시키시죠."

"빅토르는 폐하의 그림자다."

로데리히와 빅토르 이외에 무슨 일이 생겨도 지크바르트

를 배신하지 않고 밀정을 할 수 있을 만한 자의 이름이 떠오르지 않았다. 그랬다, 전쟁터에서라면 도움이 될 기사는 잔뜩 있었지만.

"……그럼, 크라센 재상에게……. 재상은……우우……. 친위대……. 아아, 친위대에 누군가……. 밀정을 할 수 있을 만한 사람이 하나 정도는 있을 터……."

엘리어스가 난처한 나머지 말하자 로데리히는 냉소적으로 입가를 일그러뜨렸다.

"귀공도 깨달았겠지? 진심으로 신뢰할 수 있으면서 이런 일을 맡길 수 있는 자가 한 사람도 없어."

로데리히가 허무한 사실을 내뱉자 엘리어스는 커다란 한숨을 쉬었다.

"제 이복형, 요한은요?"

엘리어스가 배다른 형을 추천하자 로데리히는 냉철한 눈으로 말했다.

"요한의 어머니가 품은 야심을 간과할 수 없어."

요한이 알베르의 호위로 붙게 되면 기회는 이때다, 하고 헤르미네는 자신의 딸을 신부 후보에 밀어 넣으리라. 아무리 생각해도 카롤리네가 알베르의 비가 될 수 있으리라고는 생각할 수 없는데다 지크바르트 역시 지지하지 않을 터였다.

"제게는 짐이 무겁습니다."

여자의 몸이 아니었다면 지크바르트나 나라를 위해서 힘썼으리라. 엘리어스는 안타깝기 그지없었지만 로데리히에게 진실을 밝힐 수는 없었다.

"귀공에게 거부할 권리는 없어."

로데리히는 지크바르트의 명령이라고 밝혀 말했다. 신하로서 황제의 명에 등을 돌릴 수는 없었다.

"……로데리히."

"시종장인 세브란의 기분을 거스르지 마. 알베르 전하께서 마음에 들어 하셔."

알베르의 남색 상대가 시종장인 세브란이라고 그럴듯한 소문이 돌고 있었다. 확실히 세브란은 겉보기에 아름다운 청년이었다.

"예."

"알베르 전하께 인사시켜 주지."

로데리히가 진지한 눈으로 재촉하는 것에 엘리어스는 일어섰다. 두 사람은 대연회장의 한가운데 눈부시도록 화려한 사람들의 무리로 다가갔다.

알베르의 곁에 있던 아델리느가 순진하게 손을 흔들었다.

"로데리히, 로데리히, 오라버니께서 가져오신 초콜릿을

먹어보았나요? 살구주를 넣은 화이트 초콜릿도 산딸기주를 넣은 다크 초콜릿도 맛있어요."

엘리어스는 아델리느에게 기사의 예의를 차리고 나서 우아하게 미소 짓는 알베르에게 무릎을 꿇었다.

그 즉시 지크바르트가 엘리어스를 소개했다.

"알베르, 내 나라는 귀공의 나라와는 다르게 뒤숭숭하다. 엘리어스 디트하르트 폰 슈라이히, 내 사촌 형제를 호위로 붙이지."

아무리 알베르라도 황제의 사촌 형제를 업신여길 수는 없었다. 침착한 동작으로 엘리어스에게 남자치고는 섬세한 손을 내밀었다.

주종의 관계를 명확히 하려고 드는 건지 모다브 왕궁의 관습인지 분명하지는 않지만, 투박한 볼프스베데 황국에서는 좀처럼 볼 수 없는 의식을 할 셈이었다. 엘리어스는 말없이 알베르의 손에 기사로서 충성의 키스를 했다.

스스로도 영문을 몰랐지만 알베르의 손에 닿은 입술이 짜릿해서 엘리어스는 몹시 동요했다.

"엘리어스, 잘 부탁하오."

알베르의 달콤한 목소리에는 교태가 있어서 듣고는 홀릴 것만 같았다. 지크바르트나 로데리히의 낮고 딱딱한 목소리와는 전혀 달랐다.

"맡겨주십시오."

엘리어스는 목소리가 갈라질 것 같아져서 필사적으로 나지막한 목소리를 냈다. 황제가 주최하는 검술 대회에서도 이렇게 긴장하지 않았었다.

지크바르트와 로데리히는 마른 침을 삼키며 지켜보고 있었다.

"귀공의 나라에서는 드문 기사라고 판단됩니다만."

드센 남자들 가운데 예리한 미모를 지닌 엘리어스를 보고 떠오르는 바가 있었는지, 알베르는 지크바르트에게 말을 돌렸다.

"엘리어스는 아름다웠던 어머니를 닮았지. 다만 검 솜씨는 검호였던 아버지를 닮았다."

지크바르트가 말한 대로 엘리어스의 어머니가 지닌 미모는 볼프스베데 황국 안에서 널리 알려진 것이었다. 누가 아내로 맞이하게 될지 황국 안에서도 주목하고 있었다고 한다.

"엘리어스, 내 첫사랑은 이모님이셨어."

로데리히의 어렴풋한 첫사랑 상대가 엘리어스의 어머니였다고 들은 적이 있었다. 크라센 재상이나 외무대신도 엘리어스의 어머니에게 아련한 마음을 품었었던 모양이었다.

"그렇습니까, 엘리어스의 자당이라면 무척이나 아름다우셨겠지요."

알베르가 빙긋 미소 짓자 아델리느가 말참견을 했다.

"오라버니, 오라버니의 신부님도 예뻐요. 정말로 아름답고 다정하고 현명해요. 만나보시라고요."

아델리느는 대단히 서슬 퍼런 표정으로 신부 후보를 소개했지만, 알베르의 태도는 전혀 변하지 않았다.

엘리어스는 말없이 알베르의 등을 바라보았다.

4장

다음 날 아침, 엘리어스는 몸단장을 갖추고 나서 알베르의 곁으로 향했다. 평소와는 다르게 거성 안에 젊은 여성이 많은 이유는 독신인 알베르의 존재 때문이리라. 남색가라는 소문이 있어도 한가닥 희망에 맡기고 있는 모양이다.

"알베르 전하, 안녕히 주무셨습니까."

엘리어스가 기사로서의 예의를 표하자, 알베르는 더할 나위 없이 우아하게 미소 지었다.

"엘리어스, 잘 잤소. 좋은 아침이로군."

알베르의 등 뒤에 서 있던 세브란이 오늘 예정을 낭랑하게 울리는 목소리로 읽었다.

엘리어스는 경호를 담당하는 기사로서 알베르의 예정을 머릿속에 새겨 넣었다.

"아델리느의 출산이 시작되면 내게 보고가 전해지도록 조치를 해줘."

알베르의 의식은 귀여운 여동생에게 전부 쏠려 있어, 출산의 자리에도 입회할 마음인 듯했다. 세브란은 크게 끄덕였다.

"아델리느 황비님의 출산이 시작되면 곧바로 전령이 날아들도록 손을 써놨습니다. 로데리히가 한 일이니 빈틈이 없겠지요."

세브란의 말투에서 로데리히가 모다브 왕국 쪽에서 높게 평가받고 있다는 사실이 전해져 왔다.

"군것질만 하던 아델리느가 어머니가 되다니 감개무량하군."

알베르는 어딘가 아득한 눈으로 지난날의 아델리느를 떠올렸다. 일찍이 알베르는 공주답지 않은 아델리느를 어디에도 내놓을 수 없는 여동생이라고 칭했다고 들었다.

엘리어스는 군것질에 열중하는 아델리느의 모습을 쉽사리 상상할 수 있었다. 그 황비라면 그럴 만하다고.

"그러시군요."

"엘리어스, 아델리느는 여기에서도 군것질을 하는 거요?"

우아한 음성으로 묻는 알베르에게 엘리어스는 쓴웃음을 흘렸다.

"……아니요, 그렇지는 않습니다."

아델리느는 군것질은 하지 않았지만 호화로운 드레스 차림을 한 채 주방에 들어가 요리사에게 모다브 요리를 강의한 적이라면 있었다. 논의할 필요도 없이, 황비가 주방에 들어가다니 전대미문의 진기한 일이었다.

그렇다고는 해도 그 이후 거성에서 내오는 요리의 맛이 몇 단계나 좋아졌다. 같은 감자 요리라도 맛이 달라서 엘리어스도 깜짝 놀랐던 것이었다.

"아델리느도 조금은 황비다워졌소?"

'볼프스베데 황국의 사람들은 나를 배려하는지, 좀처럼 입을 열어주지 않으시지' 하고 알베르는 조용하게 말을 이었다.

"아델리느 황비님께서는 볼프스베데 황국으로 찾아오신 봄의 여신이십니다."

"아델리느가 봄의 여신이라고 불린다는 소문을 듣고 놀랐소. 모습은 사랑스럽지만, 속은 폭풍 같은 아이라서."

확실히 아델리느는 폭풍의 여신이라는 쪽이 더 와 닿았

지만, 엘리어스는 입이 찢어져도 동의할 수는 없었다.

“……예.”

“내 침대에 달팽이를 넣은 적도 있소. 아델리느는 이쪽에서는 달팽이로 장난을 치지는 않소?”

아델리느가 달팽이를 오빠의 침대에 집어넣는 모습은 상상할 수 있었다. 그러나 이 우아한 알베르가 달팽이를 보는 장면이 머리에 떠오르지 않았다.

“그런 이야기는 들어보지 못했습니다.”

엘리어스는 필사적으로 웃음을 참았지만 알베르는 눈치채고 말았다.

“엘리어스, 참을 것 없소. 웃어도 상관없는데?”

알베르의 부드러운 미소에 엘리어스는 고개를 조아렸다.

“……죄, 죄송합니다.”

“귀공은…….”

알베르가 무언가 말을 걸었을 때, 젊은 근위병이 새빨간 얼굴로 뛰어 들어왔다.

“……아, 아, 아, 아델리느 황비님께서……. 아델리느…… 황비님께서…….”

젊은 근위병의 말은 갈피를 잡을 수 없었지만, 아델리느에게 무슨 일이 있다는 사실은 금세 깨달았다. 알베르는 재빠른 동작으로 일어서더니 아델리느가 있는 곳으로 향했다. 물론 엘리어스도 세브란과 함께 알베르를 뒤따랐다.

별다른 일이 아니라 아델리느는 알베르가 선물로 가져온 케이크와 초콜릿을 너무 많이 먹어서 배탈이 난 것이었다.

"아, 아파요…… 배가……. 초콜릿이 아기와 함께 날뛰어요……. 이 불효자 녀석……. 저도 그런 불효는 하지 않았을 거예요……."

아델리느가 물기 어린 눈으로 호소했지만, 전 교육 담당인 프랑소와즈를 필두로 한 모다브 왕국에서 데려온 시녀들의 시선은 차가웠다.

지크바르트와 로데리히는 얼이 빠진 것 같은 표정으로 아델리느의 부푼 배를 바라보고 있었다.

"아델리느, 항상 말했잖니. 몸 상태가 나빠질 때까지 먹어서는 안 돼."

알베르는 타이르듯이 말했지만, 아델리느는 갈라진 목소리로 반론했다.

"아기를 위해서 잔뜩 먹으려고 했어요. 아기에게 많은 영양을 주는 거라고요……. 우우…… 어쩐지, 배가 뒤틀려요……."

"너는 더 이상 모다브의 공주가 아니라 볼프스베데 황국의 황비다. 어머니가 되는 것이니 조금 더 자각을 가지려무나. 나는 네가 걱정돼서 못 견디겠구나."

오빠의 비애가 스며든 알베르의 설교를 저도 모르게 귀담아 들은 사람은 엘리어스뿐만이 아니었다.

지크바르트와 로데리히, 빅토르도 진지한 태도로 알베르의 말에 귀를 기울였다. 이렇게까지 아델리느에게 말할 수 있는 사람은 알베르뿐이었다.

* * *

아델리느의 복통 소동이 수습된 후, 알베르는 모다브 왕국의 상인과 알현했다. 그리고 점심을 먹은 뒤 알베르는 호화로운 마차로 거성을 나섰다.

볼프스베데 황국과 모다브 왕국은 지크바르트와 아델리느의 결혼을 계기로 무역 조약을 체결했다. 장사에 능숙한 모다브 왕국에게 볼프스베데 황국이 한창 배우는 중이었다. 모다브의 이름을 사칭하는 다른 나라의 악덕 상인이 많아서, 볼프스베데 황국의 무역 관계자는 몇 번이나 골탕을 먹었었다. 이번 기회에 알베르는 악덕 상인의 현재 상황을 확인할 셈이었다.

엘리어스는 마차에 타지 않고 다른 호위대의 병사와 함

께 말에 올라 밖에서 알베르를 호위했다.

황제의 거성이 세워진 험한 산속에 수상한 자가 숨어들었을 가능성을 부정할 수 없었다. 일찍이 지크바르트는 거성에 돌아가는 도중 험한 산길에서 무뢰배에게 습격당한 적이 있었다. 굴러 떨어지는 커다란 바위에 로데리히는 각오를 했었다고 한다.

산길은 무사히 내려갔지만 수도에 들어가기 직전에 복면을 한 집단이 습격해 왔다. 알베르를 노리는 것인가 싶어 엘리어스는 자세를 가다듬었지만 단순한 강도인 모양이었다.

"목숨이 아깝다면 돈을 내놔라."

엘리어스는 검을 뽑아 강도 집단과 싸웠다.

"슈라이히의 이름을 걸고 처벌하겠다."

엘리어스는 차례차례 덮쳐 오는 남자들의 발목을 베어 무난하게 움직임을 막았다. 호위를 맡았던 친위대의 병사가 강도 집단을 붙잡았다.

"슈라이히 공작, 검 실력은 녹슬지 않으셨군요."

일찍이 황제가 주최하는 검술 대회에서 때려눕힌 적이 있던 병사의 칭찬에 엘리어스는 쓴웃음을 띠었다. 마냥 대놓고 기뻐할 수 없는 자신의 처지가 괴로웠다.

"엄중한 경비가 붙어 있는데도 강도가 습격해 오다니 여전히 치안이 나쁘군.”

볼프스베데 황국 안이 어지럽다는 사실은 알았지만 이렇게까지 심하리라고는 생각지 않았다. 엘리어스가 단정하고 아름다운 얼굴을 찡그리자, 친위대 병사는 조금 나지막한 목소리로 말했다.

“그래도 전보다 나아졌습니다.”

“이게?”

“예, 이전에 비하면 평화롭습니다.”

수도를 경비하는 병사에게 붙잡은 강도 집단을 넘길 때까지 모다브 왕국의 휘황찬란한 기사들은 굳어 있을 뿐이었다. 아델리느가 흘렸던 말처럼 모다브 왕국의 기사는 너무 약했다. 아니, 기사라 부르기도 우스울 만큼 나약했다.

마차 안에 있던 알베르가 부드럽게 치하했다.

“엘리어스, 다친 곳은 없나?”

예상대로라고 해야 할지 알베르는 아무 일도 없었다는 듯한 모습이었다. 다만 곁에 앉아 있던 선이 가는 백작 자제가 부들부들 떨고 있었다.

“예, 강도 따위에 시간을 낭비하게 해드려서 면목 없습니다.”

“됐네, 좋을 대로 조처하게.”

엘리어스는 꼼꼼히 주변을 확인하고 나서 신호를 보냈

다. 알베르를 태운 마차의 마부가 긴장한 표정으로 끄덕였다.

호화로운 마차를 노리고 거지가 무리 지어 왔지만 엘리어스는 강한 의지로 무시했다. 가엾지만 상대해 줄 수 없었다.

곧 수도답게 가지런한 도시의 중심부에 도착했다.

목적지인 모다브 다이아몬드를 취급하는 상점 앞에는 모다브 상인이 몇 사람이나 기다리고 있었다. 알베르가 마차에서 내리자 상인들이 공손하게 인사했다.

특별히 깔린 붉은 융단 위를 알베르는 느긋하게 나아갔다. 엘리어스는 주변에 주의를 기울이면서 알베르의 뒤를 따랐다.

상점의 외관도 화려한 모다브 풍이었지만 내부 역시 구석구석에 이르기까지 세련되어서 엘리어스는 저도 모르게 숨을 삼켰다. 실용성을 우선하는 볼프스베데 황국에 일찍이 이렇게 화려한 건물은 세워진 적이 없었다.

"우리나라의 이름을 대는 괘씸한 자가 횡행한다고 아델리느의 편지에 적혀 있었다. 사실인가?"

알베르가 평소와 마찬가지로 부드럽게 묻자 모다브 상인의 대표자가 괴롭다는 듯이 답했다.

"저희들도 매우 곤란해하고 있습니다. 볼프스베데 황국

의 사람은 우리 모다브 상인과 악덕 상인의 구별을 하지 못하는 모양인지, 그것참……."

'볼프스베데 황국의 야만인, 볼프스베데 황국의 시골뜨기' 라는 뜻을 모다브 상인의 대표자는 은연중에 내비쳤다.

늘어선 다른 모다브 상인들도 어이없다는 말투로 볼프스베데 황국의 무역 관계자에 대해서 저마다 말을 흘렸다.

물론 볼프스베데 황국 사람으로서 엘리어스는 유쾌하지 않았으나 입이 찢어져도 반론을 낼 수는 없었다.

"아델리느가 지크바르트에게 시집갔을 무렵, 그리 먼 역사상의 사건이 아니니 기억하겠지? 모다브에 웨이스데일 제국을 중심으로 한 다국적군이 침공해 왔던 일을……."

알베르는 품위 있는 미소를 띠우더니 모다브 왕국이 포위되었던 이전의 싸움에 대해서 언급했다.

아델리느가 웨이스데일 제국과의 혼담을 거절하고 지크바르트에게 시집간 후의 일이었다. 모다브 국왕의 팔방미인 외교가 무참하게도 암초에 부딪혀서, 전부터 지크바르트를 위험하게 여기던 웨이스데일 제국이 모다브 해를 침공해 왔다.

"오오, 웨이스데일 제국도 괘씸하지요."

모다브 국왕이 대륙 제일의 자산가라고 평가받는 이유는 모다브산 다이아몬드를 한 손에 거머쥐었기 때문이었다.

모다브산 다이아몬드의 품질은 비견할 데가 없었다. 그 때문에 여기저기에서 노려지고 있기도 했다.

"우리 모다브의 나약함이 드러났지. 세 척의 웨이스데일 제국의 군함에 스무 척의 모다브 해군 군함이 뒤처질 줄이야……."

알베르는 괴롭다는 듯이 말하면서 엘리어스에게 의미심장한 시선을 보냈다.

대륙에서 제일가는 총명한 왕태자에게 무엇이 요구되고 무엇을 요구받고 있는지, 엘리어스는 직감으로 판단했다.

"알베르 전하, 외람되오나 우리 주군이시라면 군함 한 척으로 모다브 군함 스무 척을 격퇴하셨을 겁니다."

엘리어스가 지크바르트가 지닌 기사로서의 경지를 말하자, 모다브 상인의 대표자는 감탄의 숨을 내뱉었다.

"그러시군요. 우리 모다브는 지크바르트 폐하께 도움을 받았습니다."

예상대로라고 해야 할지 모다브 상인도 바보는 아니었다. 지크바르트에게서 받은 은혜를 잊은 것은 아니었다.

"모다브 왕국 백만 군이 웨이스데일 제국 일만 군에 패배했다는 모양입니다만, 우리 주군이시라면 오천의 병사로 굴복시키셨겠지요."

웨이스데일 제국이 침공하자마자 좋은 기회라고 보았는

지 몇몇 나라가 모다브 왕국을 빼앗으려 들었었다. 그중에는 알베르의 옛 약혼자의 모국에 관계된 세력도 있어서, 총 세력이 팔백만 군으로 불어났던 것이다.

"오오, 오오, 분명히, 지크바르트 폐하께서는 이십만의 병사로 팔백만의 병사를 격퇴하셨지요. 그것 참, 그야말로 군사의 천재이십니다."

볼프스베데 황국의 지원이 없었다면 모다브 왕국이 어찌 되었을지 모다브 상인은 잘 알고 있었다. 지금도 웨이스데일 제국이 호시탐탐 모다브 왕국을 노린다는 사실은 확실했다. 지크바르트와의 사이가 나빠지면 모다브 왕국은 여러 나라의 사냥터로 변하게 되리라.

"우리 주군 이하, 볼프스베데의 사내들은 전쟁은 잘 합니다만 장사에는 서투릅니다. 부디 잘 지도해 주시기를 바랍니다."

엘리어스가 공손하게 말하자 모다브 상인의 대표자는 몇 번이고 주억거렸다. 각자 특기 분야가 다르다는 엘리어스의 주장이 모다브 상인의 대표자에게 통한 것이었다.

알베르와 세브란도 만족스러운 듯 모다브 상인의 대표자에게 의견을 낸 엘리어스를 바라보았다.

'이것으로 잘된 건가' 라고 생각하며 엘리어스는 안심하고 가슴을 쓸어내렸다.

"볼프스베데 황국 없이는 모다브를 꾸려갈 수 없지. 그렇게 명심하라."

알베르가 싱긋 미소 짓자 모다브 상인의 대표자는 깊게 고개를 조아렸다.

"알고 있습니다."

"모다브의 이름을 더럽히지 마라."

대단히 교활한 상인을 상대로도 알베르는 우아한 태도를 무너뜨리지 않았다. 지크바르트라면 검을 뽑을 법한 상대에게도 알베르는 온화한 미소를 띠었다.

'어째서 목소리가 거칠어지지 않지. 어째서 화내지 않지. 이것이 모다브의 왕태자인가. 왕족이라는 것인가' 하고 엘리어스는 엉뚱한 부분에서 감탄하고 말았다.

모다브 다이아몬드를 취급하는 상점을 나와 모다브 레이스를 취급하는 상점으로 향했다. 이쪽에서도 비슷한 옥신각신이 반복되었다.

세브란은 장부를 눈으로 훑고는 노련한 상인과 무언가 이야기를 나누었다. 처음부터 끝까지 엘리어스는 알베르의 곁에 서 주변에 주의를 기울였다.

알베르가 상점에서 나서서 마차에 올라탔을 때 엘리어스는 다시금 정신을 바짝 차렸다. 해가 질 녘 도시의 허술한 치안은 각별했다.

진행 방향에 어린 거지가 단체로 출현했지만 친위대의 병사가 그들을 밀어내며 나아갔다.

"저렇게나 많은 아이가……."

가슴이 미어져 엘리어스가 안타까워하고 있을 때, 굉장한 소리와 함께 몇 개나 되는 나무통이 마차를 노리고 둘러쌌다.

"덫이다."

엘리어스는 크게 소리를 질렀지만 마부는 전혀 반응할 수 없었다. 아니, 그럴 새도 없었다.

나무통은 알베르를 태운 마차에 부딪히자마자 폭발했다. 나무통에 화약을 채워 넣은 모양인지 섬뜩한 폭발음이 몇 번이나 이어졌다.

"알베르 전하, 무사하십니까?"

불길이 일어난 마차에서 세브란에게 보호받으며 알베르가 내려왔다. 불행 중 다행으로 알베르에게 이렇다 할 부상은 보이지 않았지만, 세브란의 어깨에서부터 등에 걸쳐 선혈이 배어들어 있었다.

"무슨 일인가?"

알베르가 평소와 같은 태도로 물었을 때 자욱이 낀 흰 연기 속에서 검은색 복장을 한 남자들이 나타났다. 남자들 모두 복면을 쓰고 있어서 누구인지는 알 수 없었지만, 그 몸

동작으로 보아 단순한 강도는 아닌 모양이었다.

"습격할 상대를 착각하지는 않았겠지?"

엘리어스가 매서운 눈빛으로 검을 뽑자, 체격이 좋은 남자가 쉰 목소리로 말했다.

"모다브 왕국의 알베르 왕태자라고 판단했다."

대상이 모다브 왕국의 알베르라는 사실을 알고서 검은색 복장의 남자들은 습격한 모양이었다. 다른 나라에서 보내온 자객일까.

"명복을 빌어줄 테니 이름을 대라."

엘리어스는 험악한 표정으로 위협하면서 체격이 좋은 남자에게 검을 휘둘렀다. 남자가 슬쩍 피했지만 호락호락 놓칠 생각은 없었다.

"피라미는 물러서라."

피라미라고 불려도 엘리어스는 전혀 동요하지 않고 체격이 좋은 남자의 팔을 검으로 베어냈다.

"윽……."

체격이 좋은 남자를 바닥에 내동댕이치고 나서 엘리어스는 알베르를 노리는 불한당을 처리했다. 하지만 도대체 어디에 숨어 있었는지 적의 수가 너무도 많았다.

모다브 왕국의 휘황찬란한 기사들은 검을 뽑지도 않은 채 인형처럼 굳어 있었다. 결사적으로 싸우는 사람은 시종장인 세브란뿐이었다. 다수에 소수, 이대로는 알베르에게까지 위해가 미친다.

그러나 알베르는 이런 비상시에도 태연한 태도를 취하고 있었다.

알베르에게 검끝이 향한 순간 엘리어스가 뛰어들었다. 알베르를 노리는 무뢰배에게 용서 없이 검을 내려쳤다.

이대로는 한도 끝도 없겠다는 사실을 깨달았는지 세브란이 싸우면서 큰 소리로 외쳤다.

"엘리어스, 알베르 전하를……!"

'알베르 전하를 모시고 피난하라' 라고 마지막까지 말하지 않았어도 세브란의 지시는 엘리어스에게 전해졌다.

확실히 세브란이 아니라 이 지역을 잘 아는 엘리어스가 알베르를 데리고 도망치는 편이 나으리라.

"알베르 전하, 저를 따라오십시오."

엘리어스는 알베르를 재촉해서 무뢰배들의 굴레에서 벗어나 달렸다. 뒤돌아볼 여유는 전혀 없었다.

"왕태자가 도망쳤다."

"절대 왕태자를 놓치지 마라."

"왕태자는 죽여도 상관없다."

알베르의 모습을 눈치챈 남자가 따라왔지만 세브란이 무시무시한 형상으로 가로막았다. 볼프스베데 황국의 기사들도 목숨을 걸고 저지했다.

그 덕분에 엘리어스는 알베르와 함께 좁은 뒷골목으로 도망칠 수 있었다. 추격자의 기색은 없었다.

다만 좁은 뒷골목은 또 다른 의미에서 위험했다.

"알베르 전하, 이곳의 치안은 최악입니다. 조심하십시오."

뒷골목에 사는 주민의 입장에서 보면 알베르는 돈이 옷을 입고 걸어 다니는 모양새였다. 군복 차림을 한 엘리어스가 호위로 붙어 있어도 노려지리라.

"볼프스베데 황국의 슬럼가인가?"

알베르가 잠긴 목소리로 질문하자 엘리어스는 낮게 신음했다.

"……읏, 슬럼가는 훨씬 지독한 곳입니다."

"이곳은 슬럼가가 아닌가?"

알베르 입장에서 보면 볼프스베데 황국의 뒷골목은 슬럼가 이외의 그 무엇도 아니리라.

"우리나라의 빈부 격차는 아시겠지요."

"부유한 자가 가난한 자에게 베풀면 되지."

알베르가 지극히 당연한 소리를 말했을 때, 엘리어스는 등 뒤의 수상한 그림자를 감지했다. 아니나 다를까, 겉모습이 수상한 소년 집단이 덮쳐들었다.

엘리어스는 보스라 예상되는 소년을 딱딱한 지면에 때려 눕혔다.

"목숨이 아까우면 사라져라."

엘리어스가 검을 뽑자 수상한 소년들은 흩어지며 도망쳤다. 상대가 나쁘다고 판단해 포기한 것이리라.

"전하, 별일 없으십니까."

엘리어스가 걱정스럽게 들여다보자 알베르는 아이들이 도망쳐 간 골목을 아연하게 바라보며 말했다.

"엘리어스, 지금 그 아이들은?"

"단순한 도둑일 겁니다."

"그와 같은 아이에게 어째서 도둑질을 시키지."

알베르가 온화하게 책망하자 엘리어스는 허둥대고 말았다.

"미리 말씀드리겠습니다만, 우리나라는 도둑질을 장려하지 않습니다. 하지만 전하의 나라와는 다르게 우리나라는 빈곤합니다."

누구도 좋아서 도둑이 되는 것은 아니리라. 지독한 허기에 빵을 훔치는 데서부터 시작한다. 볼프스베데 황국에서는 어쩔 수 없는 사정으로 나쁜 일에 손을 물들이는 자가 끊이지 않았다.

"군사력은 뛰어난데."

"뛰어난 것은 군사력뿐이라고 말씀하고 싶으신 겁니까?"

엘리어스가 빈정거리는 듯이 말하자 알베르는 다정하게 미소 지었다.

"군사력에 돌릴 힘을 다른 곳에도 돌리면 돼."

"모다브 왕국은 예술과 먹을거리에 기울이는 힘을 군사로 돌리시지요."

'알베르 전하의 나라도 이런저런 문제를 안고 있겠지요' 하고 엘리어스는 마음속으로 불평을 날렸다. 방금 전, 알베르가 모다브 왕국에서 데려온 기사들은 아무런 도움이 되지 않았기 때문이었다. 볼프스베데 황국이라면 그 자리에서 기사 실격이라는 낙인이 찍혔을 것이다.

"확실히, 귀공이 말한 대로야."

'모다브와 볼프스베데는 다른 듯하면서도 닮았어' 라고 알베르는 즐겁다는 듯 말을 이었다.

"슬슬 도우러 와도 좋을 텐데."

아무리 시간이 지나도 친위대 병사가 나타나지 않자 엘리어스는 초조함을 느꼈다. 이대로 알베르를 데리고 좁은 뒷골목을 헤맬 수는 없었다. 자객뿐만 아니라 돈을 노리는 무뢰배에게도 표적이 된다.

"다들, 무사할까."

"친위대에서 손꼽히는 실력자가 따라왔으니 처리되지는 않았으리라고 예상합니다만……. 아아, 어쩌면 좋을까요."

이다음은 어쩌면 좋을지, 경험이 많이 부족한 엘리어스는 판단할 수 없었다. 자신의 몸이 찢어져도 지켜야만 하는 알베르가 있으니 초조할 뿐이었다.

"엘리어스? 왜 그러나?"

알베르는 엘리어스가 고뇌하는 내용을 눈치채지 못했다.

"이대로 도망 다닐지, 아니면 어딘가에 숨을지 고민하고 있습니다."

"아아, 확실히 갈증이 나는군. 포도주가 간절해."

일순 알베르가 무슨 말을 하는지 이해가 가지 않아서 엘리어스는 의아한 표정으로 되물었다.

"……네?"

"엘리어스, 그대도 나와 함께 볼프스베데의 포도주를 즐기도록 하지."

설마 이렇게 궁지에 몰린 상황에서 알베르가 포도주를 바라리라고는 꿈에도 생각하지 않았다.

"……죄, 죄송합니다……. 지금은 그럴 상황이……."

적이 대군으로 침공해 와도 초콜릿 토론으로 꽃을 피웠다던 모다브 왕국의 이야기가 엘리어스의 뇌리에 스쳤다.

그렇지만 알베르는 제대로 정세를 파악할 수 있는 영민한 왕태자일 터였다.

"그대, 안색이 나빠. 당장에라도 쓰러질 것만 같군."

알베르는 연속된 긴장으로 얼굴이 새파래진 엘리어스를 걱정하는 모양이었다. 그렇기에 포도주를 바란 것이리라.

엘리어스는 알베르 나름대로의 마음씀씀이에 감사했다.

"알베르 전하의 앞에서 쓰러지고 싶지는 않습니다. 이대로라면 도움이 오기 전에 추격자가 나타날 듯합니다."

엘리어스가 오래된 여관으로 알베르를 재촉했을 때, 볼프스베데 황국의 육군 군복을 몸에 걸친 두 사람이 나타났다.

"알베르 전하, 무사하십니까?"

인상이 험악한 남자가 알베르에게 기사로서의 예의를 표했지만, 엘리어스는 묘한 위화감을 느꼈다.

"별일 없다."

알베르는 군복 차림을 한 남자를 향해 우아하게 미소 지을 뿐, 이인조 병사의 이름과 소속을 확인하려 하지도 않았다. 평화로운 모다브 왕국이라면 어떨지 모르지만, 하극상 풍조가 강한 볼프스베데 황국에서는 위험한 일이었다.

"귀공, 육군병인가?"

엘리어스가 묻자 이인조 병사는 자세를 바로 하고 대답

했다.

"예."

"소속과 상관의 이름을 대라."

병사 자신의 이름을 확인하지 않고 고의로 소속과 상관의 이름을 물었지만 이인조 명사는 얌전하게 따랐다.

"볼프스베데 황국 육군 제3보병 소속, 상관은 라울 홀바인입니다."

"마찬가지입니다."

"아아, 홀바인 대장의 부하인가? 어째서 오늘 귀공 일행이 이 자리에 있지?"

엘리어스는 알베르의 방패가 될 수 있도록 다가서며 물었다. 육군인 라울 홀바인은 기개 있는 남자라고 알고 있지만 아직 의심이 풀린 것은 아니었다.

"상관의 명에 따라 도시를 돌아보던 중입니다."

"알베르 전하의 시종은 어찌 되었나?"

"모두 저세상으로 떠나셨습니다."

붉은 머리의 남자가 씨익 웃자마자 엘리어스의 머리 위로 커다란 솥이 떨어졌다,

"……윽?"

굉장한 충격에 엘리어스의 발치가 흔들렸다. 문을 닫은 빵집 창문에서 화병이나 접시 등이 차례차례 엘리어스를

노리고 떨어져 내렸다.

노리는 사람은 다름 아닌 엘리어스였다.

"슈라이히 공작, 방해된다."

붉은 머리 남자가 검을 뽑고는 엘리어스에게 달려들었다.

"……윽, 알베르 전하, 도망치십시오."

몽롱한 의식 속에서 엘리어스는 조금 남은 힘을 쥐어짜내어 검을 뽑고는 붉은 머리 남자와 싸웠다.

알베르는 안색 하나 바꾸지 않고 인상 나쁜 병사와 검을 나누었다. 섬세한 도기 인형과도 닮은 왕태자의 검 실력은 의외로 좋았다.

어디에 숨어 있었는지 볼프스베데 황국 육군 병사가 몇 명이나 더 나타났다. 그러나 그들은 아군이 아니었다.

"모다브의 왕태자의 목숨, 받아가겠다."

'볼프스베데 황국 육군의 병사에 섞여든 어딘가의 자객인가' 하고 생각하며 엘리어스는 주변을 포위한 억센 사내들을 바라보았다.

사내들 전부 느긋한 낯짝을 한 채 자비라고는 한 줌도 없었다.

"……알베르 전하…… 빨리…… 도망치십시오."

엘리어스는 자신이 흘린 피에 숨이 콱 막히면서도 알베

르를 향해서 외쳤다.

*　　　*　　　*

눈을 떴을 때, 엘리어스는 낯선 방의 침대에 누워 있었다. 황제의 거성이 아니거니와 자신이 태어나 자란 슈라이히 성도 아니었고, 어딘가의 귀족 저택도 아니었다. 좁은 방에는 낡은 테이블과 의자가 있을 뿐이었고 벽에는 금이 가 있는데다 천장에는 얼룩이 져 있었다.

'이곳은 대체 어디지' 하고 생각하며 엘리어스는 침침한 눈을 껌뻑거렸다.

자세히 보니 침대 곁에 있는 엉성한 의자에는 알베르가 앉아 있었다.

검소한 배경에 우아한 왕태자, 너무나도 걸맞지 않은 조합에 엘리어스는 퍼뜩 정신을 차렸다. 기세 좋게 상체를 일으킨 순간, 머리 부위에서 격렬한 통증이 퍼졌다.

"……윽."

"엘리어스, 그대는 부상을 입었어. 안정하도록 해."

알베르가 다정하게 달래듯이 말하는 것에 엘리어스는 눈을 껌뻑거렸다.

"……알베르 전하?"

"모든 것은 내가 부덕해서 생긴 일이니 그대는 마음 쓰지 않아도 괜찮아."

"……여기는?"

엘리어스는 욱신거리는 뒤통수를 누르며 주변을 돌아보았다. 비가 샐 것만 같은 천장에 한기가 들었다.

"여관인 모양이야."

알베르의 대답에 엘리어스는 눈을 휘둥그레 떴다.

"……네? 아까 전의 병사들은 어찌 되었습니까?"

방금 전까지 볼프스베데 황국의 병사에 섞여든 무뢰배들에게 둘러싸여 있었다. 붙잡혀 감금당한 것인가 싶어 엘리어스는 안색이 새파래졌다.

"처단했어."

알베르는 아무렇지도 않은 일인 양 말했지만, 엘리어스는 바로 이해할 수 없었다.

"……네? 설마…… 알베르 전하, 그렇게 실력이 뛰어나셨습니까……. 실례했습니다. 면목 없습니다."

엘리어스는 자신의 말실수를 깨닫고 허둥지둥 입술을 손으로 막았다. 섣부르게 굴면 불경죄가 될지도 몰랐다.

"일단 나도 검술 교육은 받았어."

알베르는 남자들을 쓰러뜨린 후, 피투성이가 된 엘리어스를 데리고 좁은 골목길을 방황했다고 한다. 그러다 비교

적 깨끗한 여관을 찾아내어 뛰어 들어온 모양이었다. 여관 주인은 한눈에 귀족이라는 사실을 알 수 있는 알베르의 모습에 놀랐지만 아무것도 캐묻지 않았다고 한다. 아마도 곧잘 있는 일이리라.

"알베르 전하, 구조대는?"

"아무도 오지 않았어."

엘리어스는 간신히 냉정해져 자신의 모습을 되돌아볼 수 있었다. 항상 옷을 빈틈없이 껴입고 있었는데 지금은 앞섶이 크게 벌어져 있었다. 평소 가슴을 누르기 위해 동여매던 천이 없었다.

"……제 상처를 치료해 주신 분은 누구십니까?"

그때 등 뒤에서 날아온 칼에 등이 베여 엘리어스는 엄청난 피를 흘렸었다. 그리고 현재 엘리어스의 가슴에는 기억에 없는 붕대가 감겨 있었다.

'설마, 여자라는 사실이 들켰나? 하필이면 다른 나라의 왕태자에게' 하고 생각하며 엘리어스는 새파래진 얼굴로 알베르를 바라보았다.

"그대, 여자의 몸으로 어째서 그런……."

알베르의 말을 가로막듯이 엘리어스는 거친 목소리를 냈다.

"알베르 전하께는 아무런 원한이 없습니다만, 제 비밀을 아셨다면 살려둘 수는 없습니다."

'그 목숨, 받아가겠습니다' 하고 말하며 엘리어스는 침대에서 뛰어 내려와 검을 집어 들었다. 그리고 알베르에게 검끝을 겨누었다.

"여자의 몸으로 애처롭군."

알베르는 애달파 보이는 눈빛으로 엘리어스를 바라보았다. 자신에게 들이밀어진 흉기에는 꿈쩍도 하지 않았다.

"각오하십시오."

엘리어스가 결사적인 각오로 덮쳐들었지만, 알베르는 여전히 우아한 태도였다.

"지금까지 매우 괴로웠겠지. 지크바르트는 모르는 건가?"

"지크바르트 폐하께서 제 비밀을 아시면 저뿐만이 아니라 슈라이히 공작가를 멸하시겠지요."

엘리어스가 목덜미에 검을 들이대도 알베르는 침착한 태도를 보였다. 어떤 때라도 왕자의 품격을 잃지 않았다.

"지크바르트는 도리에 어긋난 남자가 아니라고 생각하는데?"

알베르가 입에 담은 말대로 지크바르트는 거만했지만 불합리한 폭군은 아니었다.

"지크바르트 폐하를 속인 죄는 큽니다. 저는 태어난 그 순간부터 큰 죄를 범하고 말았습니다."

"그대의 자당은 슈라이히 공작의 부인이었지?"

"정실이라도 후계자를 낳지 못하면 첩실로 떨어집니다. 제 어머니는 첩실로 떨어지고 싶지 않았던 겁니다."

모다브 왕국에서도 여자의 작위 승계는 인정되지 않는다. 후계자가 될 남자를 낳아야만 하는 정실의 부담감은 알베르라도 잘 아는 모양이었다.

"그대의 자당도 애처롭군."

"동정해 주실 줄은 생각도 못했습니다."

엘리어스가 말을 툭 흘리자 알베르는 고개를 가볍게 내저었다.

"태어난 아이의 성별을 속여야만 하는 자당의 속내는 헤아리고도 남지."

"알베르 전하, 저항하시든지 소란피우시든지 화내주시지 않겠습니까?"

무언가의 반응을 해주지 않으면 엘리어스도 악마가 아니니 알베르에게 검을 내려칠 수가 없었다.

"나를 저세상 사람으로 만들어서 그대가 행복해진다면 좋을 대로 해."

'나를 저세상 사람으로 만들어도 근본적인 해결은 할 수 없어' 라고 알베르는 절절한 어조로 말을 이었다.

"알베르 전하를 없애도 저는 행복해지지 않겠지요. 그렇지만 이대로 살려둘 수는 없습니다."

'죽여라. 죽일 수밖에 없다. 죽인다면 지금이다. 죽이지 않으면 끝이다' 라고 생각하며 엘리어스는 스스로를 다잡았다.

"나를 저세상 사람으로 만들고 어쩔 셈이지?"

"알베르 전하께서는 무뢰배에게 습격당했다고 보고하겠습니다. 저는 면직되어서 영지로 돌아가게 되겠지요."

엘리어스는 갈라진 목소리로 말하고 나서 검을 고쳐 쥐었다. 긴장으로 손에 땀이 차서 제대로 쥐지 않으면 검을 떨어뜨릴 것만 같았다.

"그대의 비밀은 언젠가 백일하에 드러나게 되겠지. 그전에 지크바르트에게 자비를 구하도록 해. 나도 곁에서 거들지."

알베르는 자신이 곁에서 거들면 지크바르트가 용서하리라고 예상하는 모양이었다. 이런 생각은 나라의 사고방식이 다르기 때문이리라.

"저만의 문제로 끝나지 않습니다. 슈라이히 일족 및 사용인에게까지 해가 미칩니다."

그녀에게 성심성의를 다해주었던 유모나 시녀장은 무슨 일이 있어도 지켜야만 했다. 섣부르게 굴면 유모나 시녀장의 가족에게도 해가 미친다.

"우리나라로 망명하도록 해."

예상조차 하지 못했던 것을 알베르가 선뜻 말하자, 엘리어스는 검을 떨어뜨릴 뻔했다.

"……네? 모다브로요?"

엘리어스는 자신이 모다브 왕국에서 살아갈 수 있으리라고는 생각지 않았다. 모다브뿐만 아니라 다른 나라로 망명하는 일은 지금까지 한 번도 생각해 본 적도 없었다.

"슈라이히 일족 모두 우리나라로 오면 돼. 해가 되지 않도록 하지."

"당치도 않습니다."

"그대는 나를 벨 수 없어."

알베르가 똑 부러진 목소리로 잘라 말하자 엘리어스는 말문이 막혔다.

"이래 보여도 사람을 보는 눈은 있어. 그대는 보신을 위해 사람을 죽이지 못해."

알베르에게 사람을 보는 눈이 없었다면 이미 오래전에 여러 사람이 몰려들어 재산을 뜯겼으리라.

"……절 과대평가 하신 모양입니다만."

화형당하는 자신의 모습을 상상하면 알베르에 대한 살의를 품을 수 있었다. 모처럼 총애해 준 지크바르트나 로데리히의 신뢰도 잃고 싶지 않았다. 엘리어스가 알베르의 목덜미를 베어내려고 했을 때, 귀에 익은 목소리가 울려 퍼져 왔다.

"알베르 전하, 어디에 계십니까?"

문 건너편에서 들려오는 시종장 세브란의 목소리에 엘리어스는 말없이 검을 검집에 집어넣었다. 이제 이것으로 끝이었다.

엘리어스가 침통한 표정으로 옷매무새를 가다듬고 있노라니 알베르가 온화한 어조로 말했다.

"그대가 밝히지 않는 한, 나도 입을 다물지."

이 상황에서 알베르의 자비에 매달릴 수밖에 없는지도 몰랐다. 엘리어스는 작은 목소리로 중얼거리듯이 부탁했다.

"제가 여자라는 사실을 잊어주십시오."

"맹세코 다른 사람에게 말하지 않겠어."

알베르가 의젓하게 고개를 끄덕이는 것을 보고, 엘리어스는 의지가 강한 눈빛으로 문을 열었다. 볼프스베데 황국의 친위대와 함께 세브란이 복도를 뛰어다니고 있었다.

"시종장, 알베르 전하는 이쪽에 계십니다."

엘리어스가 큰 소리로 외치자 세브란은 눈물 어린 눈으로 달려왔다. 무뢰배와 싸운 그의 단정한 얼굴에는 상처가 생겨 있었다.

“알베르 전하, 무사하셨군요.”

세브란은 알베르의 앞에 무릎 꿇고는 그 손에 입을 맞추었다. 모다브 왕국에서 온 주종의 우아한 재회였다.

지크바르트나 로데리히였다면 무뚝뚝한 표정으로 서로 끄덕였을 뿐이리라.

“세브란, 상처를 입었나.”

세브란의 어깨가 피로 물들어 있는 것을 보고 알베르는 수려한 얼굴빛을 흐렸다.

“스친 상처입니다. 신경 쓰지 마십시오.”

“다른 사람은 어찌 되었나?”

“다들 부상은 입었지만 무사합니다. 지크바르트 폐하께서 보내주신 병사 덕분입니다.”

세브란은 지크바르트 직속의 친위대 병사와 함께 필사적으로 엘리어스와 알베르를 찾은 모양이었다.

여관 주인에게서 그럴듯한 인물이 있다는 소리를 듣고 들어왔다고 했다.

황제가 주최하는 검술 대회에서 싸웠던 친위대 병사가 위로하듯이 엘리어스의 어깨를 두드렸다.

“엘리어스가 붙어 있으니 별일 없을 거라 생각했어. 예상대로야.”

"나는 아무런 도움도 되지 못했어."

'마지막에는 결국 알베르 전하가 혼자서 자객을 처리했어' 라고 엘리어스는 말하려고 했지만, 알베르의 강한 시선을 느끼고 가까스로 그만두었다.

'내 검 실력을 말하지 마' 라고 알베르가 금갈색 눈으로 강하게 주장하고 있었던 것이었다. 혹시 어쩌면 적을 속이기 위해 검 실력을 숨기고 있는지도 몰랐다.

"그때 엘리어스가 알베르 전하를 모시고 가는 게 정답이었어. 나무통에 설치되었던 폭발물로 그 근처 일대가 불바다야."

'요란하게 일을 벌였어' 하고 오랜 지인인 친위대 병사는 지긋지긋하다는 듯이 말했다. 아무래도 부근에 있던 아무런 관계가 없는 주민들도 휘말렸다는 듯했다.

"잘도 무사했구나."

"실은 여기저기 화상을 입었어. 모다브에서 온 기생오라비들은 불바다를 보고 쓰러졌지."

알베르를 태운 마차가 습격당한 후, 주변은 시끄럽게 불타오르는 불바다로 변해 세브란 이외의 모다브 왕국 귀족들은 모두 정신을 잃었지만 볼프스베데 황국의 병사가 구해주었다고 한다. 각각 상처를 입었지만 생명에 지장은 없었다.

"기절한 모다브 기사들을 옮겼나?"

엘리어스가 얼떨떨한 표정으로 묻자, 안 지 오래된 친위대 병사는 끄덕 고개를 주억였다.

"그래."

오랜 지인인 친위대 병사는 '모다브 패거리는 어찌 돼먹은 거야' 라고 입 밖에 내려고 한 모양이었지만 알베르 앞이라 꾹 참는 모양이었다.

"수고했다."

"그쪽이야말로."

"알베르 전하의 마차를 습격한 건 어디서 보내온 자들이지?"

지크바르트가 다스리는 수도에서 모다브 왕국의 왕태자가 습격당했다니 결코 있어서는 안 되는 일이었다. 사안의 경과에 따라서는 볼프스베데 황국과 모다브 왕국 사이에 균열이 생길수도 있었다.

엘리어스가 날카로운 눈빛으로 묻자 오랜 지인인 친위대 병사는 고개를 내저었다.

"몰라."

"놓쳤나?"

엘리어스가 녹색 눈동자로 비난하자 친위대 병사는 얼굴을 심하게 굳혔다.

"모다브의 기생오라비 놈들을 옮기는데 바빴다고."

"지크바르트 폐하의 분노가 눈에 선하군."

어쨌든 알베르가 습격당하다니 경비 부실 이외의 그 무엇도 아니었다. 엘리어스가 씁쓸함으로 가득 찬 표정을 떠올리자 알베르가 느긋하게 끼어들었다.

"엘리어스, 그대들은 훌륭하게 임무를 수행했어. 내가 지크바르트에게 그리 고할 테니 걱정하지 마."

알베르는 경비 부실을 나무랄 생각이 전혀 없는 모양이었다. 볼프스베데 황국에서는 있을 수 없는 일이었다.

"……예."

"엘리어스나 경비를 맡은 자에게는 내가 포상을 내리지."

이런 상황에 포상을 하사받는다면 더 이상 버틸 수가 없어진다. 받는 쪽의 명예에도 상처가 생기는 것이다.

"아니요, 그런 일로……."

"사양할 필요는 없어."

"저희에게도 저희 나름대로 체면이 있으니 그만두십시오."

'알베르 전하께 들키고 말았다. 앞으로 어찌 될까. 어쩌면 좋을까' 하고 엘리어스는 이런저런 생각에 괴로워하며 황제의 거성으로 돌아갔다.

5장

예상한 대로 지크바르트의 분노는 대단했지만 알베르가 부드럽게 수습해 주어서 잘 넘어갈 수 있었다.

"알베르를 습격한 괘씸한 놈, 풀뿌리를 뒤져서라도 찾아내라."

지크바르트의 체면을 걸고서라도 잡아내어야만 했다. 로데리히와 빅토르의 표정도 매우 험악했고, 크라센 재상도 평소와는 달리 신경이 곤두서 있었다.

"엘리어스, 두 번 다시 실수하지 마라."

"옛."

엘리어스는 이번에 일어난 불찰로 알베르의 호위에서 해임되리라고 여기고 있었다. 그러나 알베르의 한마디로 엘리어스는 경비에 남게 되었다. 알베르를 곁에서 섬기던 기사들 역시 엘리어스를 한마디도 나무라지 않았다.

"엘리어스, 오라버니를 지켜줘서 고마워요."

젖은 눈으로 아델리느가 치하했지만, 엘리어스는 참으로 낯간지러웠다.

"아닙니다. 제가 붙어 있었으면서도 알베르 전하를 위험한 상황에 맞닥뜨리게 해서 면목 없습니다."

"엘리어스, 상처를 입었지요? 의사에게는 제대로 진찰받았나요? 선생님을 부를게요."

아델리느의 다정한 마음씀씀이를 받아들일 수는 없었다. 엘리어스는 기사의 체면을 지키기 위해 거부했다.

"스친 상처입니다. 이까짓 것으로 의사를 부른다면 슈라이히의 수치입니다.

"수치도 무엇도 아니에요. 제 명령을 들을 수 없나요? 제 명령을 들으세요. 몸을 소중히 여기세요."

아델리느가 황비로서 명령을 하자, 알베르가 미소 지으면서 말참견을 했다.

"아델리느, 엘리어스는 나를 감싸느라 부상을 입었어. 엘리어스의 상처는 내가 책임지지."

알베르의 말에 납득한 아델리느는 물러났다. 그렇다고는 해도 이것으로 전부 해결된 것은 아니었다.

엘리어스는 알베르의 방으로 불려가 상처를 치료받게 되었다. 그것도 알베르가 직접 말이다. 세브란을 필두로 한 다른 시종들은 물러간 상황이다.

"엘리어스, 신께 맹세코 파렴치한 짓은 하지 않겠어. 다시 상처를 보게 해줘."

알베르가 여관에서 엘리어스에게 한 것은 응급처치였다. 흘린 피의 양 치고는 상처는 깊지 않다고 판단했다고 한다.

"됐습니다. 스스로 하겠습니다."

엘리어스는 묵직한 의자에 걸터앉은 채 크게 손을 내저었다. 등의 상처가 욱신욱신 쑤셨지만 견디지 못할 정도는 아니었다.

"이래 보여도 내게는 의술의 지식이 있어. 맡겨주었으면 해."

알베르는 제왕학뿐만 아니라 다양한 분야에도 통달한 모양이었다. 그는 정교하게 세공된 상자에서 약병을 집어 들었다.

"스스로 하겠습니다."

의식이 없다면 모를까 알베르에게 상처 치료 따위를 시

킬 수는 없었다. 알베르에게 몸을 보여주는 것도 싫었다.

"명령이라면 따르겠나?"

엘리어스는 지크바르트의 신하였지 알베르의 신하는 아니었다.

"……알베르 전하."

신하는 아니었지만 알베르의 호위를 맡고 있는 지금, 그의 명령에는 절대 복종할 수 밖에 없었다.

"지크바르트의 신하여, 명령한다. 내게 상처 치료를 하게 해다오."

"아델리느 황비님과 마찬가지로 억지스러우시군요."

알베르의 진지한 눈빛에 꺾여 엘리어스는 검은 군복의 상의를 벗었다. 여관에서 감았던 붕대가 풀려 있었다.

"엘리어스, 쓰라릴지도 몰라."

"……예."

엘리어스는 등에 선뜩한 감각을 느끼며 무어라 형용할 수 없는 기분이 들었다. 등 뒤에 있는 알베르가 어떤 표정을 짓는지 보이지 않아서 다행이었다. 아니, 보이지 않기에 불안한지도 몰랐다.

"여자의 몸에 이런 상처를 입혀서 면목 없어."

알베르의 괴로운 사죄에 엘리어스는 격분했다.

"제가 여자라는 사실을 잊어주십시오. 잊어주신다고 약

속하지 않으셨습니까?"

태어나서 처음으로 여자 취급을 당하자 엘리어스는 심하게 동요했다. 상대가 우아한 왕태자였기에 더욱 그랬다.

"딱하기 그지없어."

엘리어스의 몸에 붕대를 감는 알베르의 손이 이 이상 부드러울 수 없겠다 싶을 정도로 부드러웠다.

"이제 와서 말해보았자 소용없습니다. 이대로 무덤까지 갈 수밖에 없지요."

엘리어스는 무거운 십자가를 짊어진 채 살아가야 했다. 평생 내려놓을 수 없었다. 편안하게 잠들 수 있는 것은 땅에 묻히고 나서다.

"이대로 무덤까지 가고 싶은가?"

"예, 비밀을 품은 채 무덤에 가고 싶습니다."

"그대라면 아름다운 신부가 될 텐데."

일순 알베르의 말이 이해되지 않아서 엘리어스는 어리둥절한 표정으로 되물었다.

"……예?"

'지금, 왕태자는 무슨 말을 했나, 내 귀가 이상해졌나' 라고 생각하고 엘리어스는 고개를 갸웃거리며 말끄러미 알베르를 바라보았다.

"그대, 군복보다 드레스 쪽이 어울려."

알베르는 다정한 시선으로 명확하게 잘라 말했다. 농담하는 분위기는 전혀 없는 것으로 보아 진심이었다.

"생각해 본 적도 없습니다."

엘리어스는 드레스를 몸에 걸친 자신의 모습을 상상해 본 적이 한 번도 없었다. 머리에서부터 호밀을 뒤집어 쓴 것만 같은 기분이었다.

"그대에게 모다브 왕궁에서 유행하는 드레스를 선물하지. 눈동자에 맞추어서 녹색이 좋겠어."

알베르는 싱긋 미소를 지으며 공주를 대하는 기사처럼 엘리어스의 손을 잡았다. 주변의 분위기가 몹시 부드러웠다.

"됐습니다."

돈 많은 나라의 왕자는 대체 무슨 생각을 하는 것일까. 엘리어스는 얼굴에 실룩실룩 경련을 일으키며 알베르의 손을 떨쳐 냈다.

"그대, 내 선물을 거부하는 건가."

섣부르게 굴면 불경죄가 될지도 몰랐지만, 엘리어스는 험악한 표정으로 반론했다.

"드레스 따위를 받을 수는 없습니다. 저는 남자입니다. 남자라고 생각해 주십시오."

아무리 알베르가 몰래 선물해 준다고 해도 입장이 입장

인 만큼 머지않아 세간에 알려지게 되리라. 일찍이 드레스를 선물 받았던 슈라이히 공작은 한 사람도 없었다. 알베르에게서 드레스를 선물 받다니, 그건 여자라는 사실을 공표하는 것과 마찬가지였다.

"백합처럼 아름다운데 안쓰럽군."

알베르는 모다브 왕궁의 곳곳을 장식한 순백의 백합으로 엘리어스를 칭했다.

볼프스베데 황국의 황제가 사는 거성에는 화려한 순백의 백합을 장식하지 않았다. 오로지 들에 피는 소박한 꽃들뿐이었다. 그마저도 아델리느가 시집오기 전까진 아무도 황제의 거성에 꽃 따위를 장식하지 않았었다.

"안쓰럽지도 아무렇지도 않습니다."

'내 어디가 백합이지' 하고 생각하며 엘리어스는 당황하고 말았다.

"여자의 몸으로 군역은 괴롭겠지?"

"병약을 가장해 군역을 면제받았습니다. 이번은 특별하다고 해야 할지, 아델리느 황비님의 출산 때문에 불려왔습니다."

'아델리느 황비님께서 얌전히 계셨다면 저는 불려오지 않았겠지요' 하고 엘리어스는 따끔하게 알베르에게 비아냥거렸다. 이제 와서는 아델리느의 말괄량이 기질이 원망스러웠다.

“아델리느도 때로는 도움이 되는군.”

알베르가 시를 읊듯이 아델리느를 칭찬했다.

“……예?”

“내가 그대의 비밀을 알게 된 이유는 그대를 구하기 위해서인지도 몰라. 한번 모다브로 망명하는 것을 고민해 봐.”

진취적이라고 해야 할지 속세에서 동떨어졌다고 해야 할지, 알베르의 사고방식에 엘리어스는 당황할 수밖에 없었다.

“그 이야기는 전에도 거절했을 텐데요.”

엘리어스가 고개를 내저었을 때, 경쾌한 노크 소리가 울려 퍼졌다. 중후한 문 건너편에서 세브란의 갈라진 목소리가 들려왔다.

“알베르 전하, 아델리느 황비님께서 산기가 있으십니다.”

기다리고 기다리던 보고를 듣고 알베르는 일어섰다.

“요전번처럼 초콜릿을 너무 많이 먹은 게 아닌가?”

엘리어스가 확인하고 싶었던 바를 알베르는 진지한 표정으로 물었다. 아델리느를 잘 아는 오빠로서의 근심이었다.

“과식은 아닌 모양입니다.”

"지크바르트는?"

"어떤 가혹한 전쟁터에서도 기죽지 않는 늠름한 황제께서 못 박혀 서 계신 상태입니다. 로데리히는 안절부절못하고…… 아무도 도움이 안 됩니다."

세브란이 말한 대로 역전의 기사들은 아델리느의 출산을 앞두고 얼간이로 변해 버렸다. 한심하기 그지없는 추태를 드러내고 있었다.

"지크바르트 폐하?"

엘리어스가 말을 걸어도 지크바르트는 복도에서 굳어 있는 상태였다. 그 곁에는 빅토르를 필두로 한 측근들이 당장에라도 쓰러질 것만 같은 표정으로 선 채 꼼짝도 못하고 있었다. 크라센 재상이 호흡곤란을 일으키고, 로데리히는 아무것도 없는 바닥에 넘어지고, 근위병들은 명령받지도 않았는데 하나같이 계단에서 굴러 떨어졌다.

"……에, 에, 에, 에, 엘리어스, 아기씨께서는 태어나셨나?"

로데리히는 얼굴을 마주 보자마자 엘리어스에게 갈라진 목소리로 물어왔다.

"……아직, 인 것은 아닐까요?"

엘리어스가 의아한 표정으로 답하자, 로데리히는 초점이 잡히지 않는 눈으로 되물었다.

“엘리어스, 아기씨께서는 태어나셨나?”

“아직 아닙니다.”

“엘리어스, 아기씨께서는 무사히 태어나셨겠지?”

로데리히의 어딘가에서 확실히 나사가 세 개 이상 빠져 있었다. 이런 로데리히를 본 적은 한 번도 없었다.

“제게 물어도 곤란하지만 아델리느 황비님이시라면 건강한 아기를 낳아주실 겁니다.”

“축포를 쏴라.”

무슨 생각을 했는지 로데리히는 검을 뽑고는 축포의 명령을 내렸다. 엘리어스는 황급히 로데리히의 검을 집어넣었다.

“아직 태어나시지 않았습니다.”

“아델리느 황비님께서는 무얼 하고 계시지?”

이 상태로는 한도 끝도 없겠다 싶어서 엘리어스는 로데리히의 날카로운 뺨을 때렸다. 그래도 로데리히는 제정신을 못 차렸다. 지크바르트도 지옥을 떠도는 것만 같은 표정으로 굳어 있을 뿐이었다.

“이런 때에 남자는 아무런 도움이 못 되지.”

알베르가 가볍게 미소 지었을 때, 건강한 아기의 울음소리가 울려 퍼졌다. 그 순간, 일제히 환성이 터져 나왔다.

*　　*　　*

밤중임에도 불구하고 황태자 탄생의 축포가 울려 퍼졌다.

"지크바르트 4세의 탄생이시다."

"아델리느 황비님, 감사드립니다."

모다브 초콜릿과 모다브 맥주를 대접하며 황제의 거성은 축제 분위기로 떠들썩했다. 지크바르트는 아직 실감이 나지 않는지 건배의 잔을 손에 든 채 뻣뻣하게 굳어 있었다. 로데리히의 들뜬 모습은 심상치 않았고, 평소 누구보다도 냉정한 빅토르는 눈물지었다.

"아델리느, 수고했다."

알베르는 최고로 자랑스럽다는 표정을 지으며 볼프스베데 황국의 차기 황제를 낳은 여동생을 격려했다.

"오라버니께 칭찬받는 건 오랜만이에요."

아델리느가 장난기 가득하게 말하자 알베르는 자애로 가득 찬 미소를 띠었다.

"너는 내 자랑스러운 여동생이야."

"오라버니는 예전부터 자랑스러운 오라버니세요."

알베르는 사랑스럽다는 듯이 아델리느의 뺨에 키스를 했다. 그리고 얼떨떨하게 못 박힌 채 서 있던 지크바르트의

어깨를 두드렸다.

"지크바르트, 제 누이를 사랑해 주어서 감사합니다."

여전히 지크바르트는 납덩이 병사처럼 굳어 있었지만, 아델리느는 화내거나 하지는 않았다.

"지크바르트, 당신의 아들이에요."

아델리느가 밝게 웃어도 지크바르트의 눈빛은 죽어 있었다.

"……."

"저는 지크바르트의 아들을 낳아서 기뻐요."

"……."

"지크바르트의 아들을 철부지였던 제가 무사히 낳았어요. 키스 정도는 해달라고요."

아델리느가 키스를 졸라대자 알베르에게 등을 떠밀린 지크바르트는 간신히 제정신을 차렸다.

지크바르트는 꿈이라도 꾸는 듯한 눈빛으로 아델리느의 뺨에 키스를 했다. 서투른 황제에게는 이것이 고작이었다.

그 대신이라고 할 것은 없었지만 알베르가 자애로 가득 찬 표정으로 말했다.

"아델리느가 최고의 부군을 얻은 축복을 신께 감사드립시다. 앞으로도 아델리느에게 신의 가호가 있기를 바랍니다."

엘리어스도 진심으로 지크바르느 4세의 탄생을 기뻐했다. 그리고 아델리느를 부러워하는 자기 마음도 깨달았다. 저런 오빠가 있기에 아델리느는 순진한 상태로 있을 수 있는 것이라고.

지금까지는 아버지와 함께 전장에 나섰던 배다른 형이 부러워서 견딜 수 없었다. 하지만 지금은 알베르에게 아무 조건 없이 보호받는 아델리느가 부러웠다. 무엇보다 아델리느는 지크바르트가 최강의 방패가 되어 지켜준다. 어떤 적이 밀려와도 아델리느가 검을 들고 싸울 필요는 없는 것이었다.

'나는 어째서 그런 생각을 하는 거지' 하고 엘리어스는 스스로 자신을 질타했다. 등에 생긴 상처가 쑤셔서 나오는 나약한 소리라고.

떨쳐내듯 모다브 맥주를 들이켜는 엘리어스의 곁에, 어느새 왔는지 배다른 형인 요한이 서 있었다. 아델리느와 알베르의 유대를 본 후에 만나고 싶지는 않았던 상대였다.

"엘리어스, 전에 말했던 문제는 어찌 되었지?"

요한이 살짝 귀엣말하자 엘리어스는 고운 미간을 찡그렸다.

"전에 말했던 문제?"

"어머님께서 그 정도로 말씀하셨는데 잊은 거냐?"

세상을 떠난 아버지의 애첩인 헤르미네에게 끈덕지게 들었던 말은 기억하고 있었지만, 엘리어스의 안에서는 이미 끝난 사안이었다.

"카롤리네와 알베르의 혼담 말입니까?"

'아직 포기하지 않았나' 하고 생각하며 엘리어스는 한숨을 쉬고 말았다. 무엇보다 황태자 탄생으로 들떠 있을 때에 할 말은 아니었다.

"그래."

"주제 파악을 하라, 고 로데리히가 말했습니다."

엘리어스는 감정을 싣지 않은 채 로데리히의 말을 고했다. 로데리히의 말은 곧 크라센 재상이나 지크바르트의 의견이리라.

"그 부분을 어떻게든 하는 것이 네 역할이다. 로데리히가 아니라 알베르 전하께 직접 말씀드려라."

'알베르 전하께서 너를 마음에 들어하시잖아' 하는 뜻을 담아 요한은 잡아먹을 듯한 눈으로 엘리어스를 바라보았다.

알베르는 부상을 입은 엘리어스를 걱정해서 일부러 자기 방에 불러들여 치료해 주었다. 주변에는 그가 엘리어스를 마음에 들어 하는 것으로 보이리라.

"기회가 있으면 말씀드리겠습니다."

"내일 카롤리네를 네 곁으로 보내겠다. 알베르 전하께 제대로 소개시켜라."

"기대하지 마십시오. 알베르 전하께서 마음에 들어 하는 이는 시종장입니다."

엘리어스가 알베르에게 충실한 세브란을 언급하자 요한의 안색이 싹 변했다.

"남색가라는 소문은 사실인가?"

요한은 근위대로서 거성에 출입하고 있기에 사람들이 수군거리는 알베르의 소문을 귀에 담은 모양이었다. 알베르도 그렇고 세브란도 그렇고, 볼프스베데 황국에서는 볼 수 없는 타입이니 싫어도 주목을 모았다.

"형님도 알고 계셨습니까."

알고 있는데도 카롤리네를 알베르에게 시집보낼 생각인가, 하고 엘리어스는 의아하다는 눈빛으로 요한을 올려다보았다. 그는 해가 갈수록 세상을 떠난 아버지를 닮아갔다.

"남색가라도 상관없다고 한다."

요한에게서 알베르를 향한 모멸이 찌릿찌릿 전해져 왔다. 그에게 남색가는 혐오해 마땅한 대상이었다.

"카롤리네가 그렇게 말했습니까?"

카롤리네는 얼굴도 성격도 아버지가 아니라 어머니를 닮았다.

"아아, 카롤리네도 어머님께서도 알베르 전하라면 남색가라도 상관없다는 태도야."

카롤리네도 그렇고 헤르미네도 그렇고, 알베르 본인이 아니라 그의 왕관에 매료된 모양이었다. 그 모습 또한 귀족의 자녀가 갖추어야 할 올바르고도 이상적인 자세일지도 몰랐다. 정말이지 엘리어스로서는 이해할 수 없었지만.

"남색가에게 시집가는 것이 행복합니까."

엘리어스가 빈정거리는 것처럼 중얼거리자, 요한은 머리카락을 쥐어뜯었다.

"나한테 묻지 마."

"형님은 반대하지 않았습니까?"

엘리어스가 의미심장한 어조로 묻자 요한은 분하다는 듯이 발을 굴렀다.

"반대할 수 없었어."

카롤리네에게 건 어머니의 집념에 요한은 끼어들 수 없는 모양이었다. 비통한 표정으로 말을 툭 흘린 후, 요한이 갑자기 떠올린 듯이 말을 이었다.

"네 어머니가 가지고 있었던 에메랄드 목걸이와 반지를 카롤리네가 갖고 싶어 했어. 카롤리네에게 넘겨주었다."

세상을 떠난 어머니의 유품인 에메랄드 목걸이와 반지는 성을 드나드는 상인이 아무리 원해도 내놓지 않았던 물건이었다. 그렇기에 엘리어스는 성을 유지하기 위해 부지런히 내직에 힘쓴 것이었다.

"제게 한마디 정도는 해줬어도 좋지 않았습니까?"

엘리어스가 거친 목소리를 내자 요한은 내뱉듯이 말했다.

"여자 물건이야. 네게는 필요 없겠지."

"분명히 제가 몸에 걸 수는 없습니다만……."

"네 아내가 될 여자에게 줄 셈인가?"

로데리히나 크라센 재상도 말했지만, 본래대로라면 슈라이히 공작으로서 아내를 맞이해도 좋을 때였다. 엘리어스는 고개를 크게 내저으며 대답했다.

"아시다시피 저는 몸이 약합니다. 결혼할 마음은 없습니다."

'얌전히 있으면 형님에게 슈라이히 공작의 자리가 넘어갑니다' 라는 뜻을 엘리어스는 은연중에 내비쳤다.

그랬다. 엘리어스에게 올라오는 명문가 영애와의 혼담을 모조리 거절하는 사람은 다름 아닌 요한이었다. 헤르미네도 엘리어스의 혼담을 막으려고 범상치 않은 의욕을 불태우고 있었다.

"그렇다면 네 어머니의 목걸이를 카롤리네에게 줘도 괜찮겠지. 카롤리네는 네 이복 누이동생이니까."

"예, 다만 앞으로는 제 허락을 얻고 나서 행동하십시오."

이대로라면 엘리어스가 상속받은, 세상을 떠난 어머니 소유의 영지까지 팔아버릴지도 몰랐다. 요한도 그렇고 헤르미네도 그렇고, 슈라이히 공작가의 재정 사정이 좋지 않다는 사실은 알고 있었다.

"건방지긴."

요한은 못마땅하다는 듯이 혀를 차고는 엘리어스 앞에서 떠나갔다. 서자로 태어난 분통함이 뒷모습에서 전해져 왔다.

아델리느를 대하는 알베르의 포용적인 사랑을 알기 때문인지, 엘리어스는 몹시 쓸쓸해지고 말았다.

황태자 탄생으로 떠들썩한 거성에서 엘리어스는 고독감을 곱씹었다.

6장

황태자 탄생의 축제 분위기는 다음 날이 되어서도 진정되지 않았다. 모다브 왕국의 관계자뿐만 아니라 다른 나라에서 온 대사도 선물을 가지고 거성으로 몰려들어 지크바르트나 알베르는 한숨 돌릴 새도 없었다.

전날 알베르가 수도에서 습격당했지만, 그 사실은 황태자 탄생으로 잊혀져 버린 듯한 기분이 들었다. 어디에서 수상한 자가 섞여들었는지 몰랐기에 엘리어스는 알베르의 등 뒤에서 신경을 곤두세웠다.

"알베르 전하, 축하드립니다. 이렇게 경사스러운 일은

없습니다. 모다브와 볼프스베데의 유대는 황태자 탄생으로 반석에 올랐겠지요. 다음은 알베르 전하의 차례시군요."

모다브 레이스를 취급하는 모다브 상인은 사교인사를 늘어놓은 뒤, 알베르의 결혼을 언급했다. 그러나 알베르는 아아, 하고 말하며 미소 지을 뿐 아무런 말도 되돌리지 않았다.

일찍이 모다브 왕국을 침공했던 북쪽 대국에서 온 대사가 끼어들듯이 말참견을 했다.

"알베르 전하, 진심으로 축하드립니다. 우리나라의 왕과 왕비께서도 대단히 기뻐하시며 저를 보내셨습니다."

"감사하오."

"아델리느 황비님과 지크바르트 폐하께 황태자가 탄생하셨다면, 모다브 국왕 폐하께서도 생각하시는 바가 있으시겠지요. 우리나라의 제1왕녀와의 혼담을 생각해 보지 않으시겠습니까?"

북쪽 나라의 대사는 청초한 미모로 이름 높은 그 나라의 제1왕녀를 알베르에게 시집보내고 싶은 모양이었다. 지크바르트와 모다브 왕국의 관계가 굳건해진 지금, 서둘러 손을 잡는 편이 이득이라고 판단했으리라.

"나는 이미 아내를 맞이했소."

알베르가 세상을 떠난 약혼자를 가리켜 말하자, 북쪽 대국의 대사는 쓴웃음을 흘렸다.

"한 나라의 왕태자가 언제까지나 그런 말씀을 하실 수는 없겠지요. 모다브 국왕 폐하께 이야기를 진행시키시게끔 말씀을 드렸습니다."

모다브 국왕이 승낙했다고 북쪽 대국의 대사가 말하자, 알베르의 금갈색 눈동자가 크게 흔들렸다.

"아바마마께서?"

"그러하옵니다."

"아바마마께서는 나를 출가시킬 셈이신가."

알베르는 억지로 강요한다면 출가한다고 선언했다. 협박이 아니라는 사실은 누구나 눈치챘다.

"알베르 전하, 이제 과거의 일은 잊으시지요."

알베르는 볼프스베데 황국에까지 세상을 뜬 약혼자의 초상화를 가지고 왔다. 지금도 잊을 수 없었던 것이다.

"과거가 아니오."

알베르는 싱긋 미소 짓더니 북쪽 대국의 대사에게서 멀어졌다. 역시 자신의 혼담 이야기는 질색해했다. 그런데도 예쁘게 옷을 차려입은 카롤리나가 요한과 헤르미네를 따라서 다가왔다.

"엘리어스."

'알베르 전하께 카롤리네를 소개시켜 드리세요' 하는 뜻을 담아 헤르미네는 매서운 시선으로 엘리어스를 재촉했다. 이 상황에서 무시할 수는 없었다.

“알베르 전하, 제 이복 누이인 카롤리네를 소개시켜 드리겠습니다. 아델리느 황비님을 섬기고 있습니다.”

엘리어스가 카롤리네를 소개하자 알베르는 침착하게 미소 지었다.

“처음 뵙겠소, 카롤리네.”

알베르가 다정한 목소리로 말을 걸자, 카롤리네는 기품 있게 궁정식 인사를 했다. 미남미녀가 나란히 서자 잘 어울렸다. 박력이 너무 넘치는 지크바르트와 가련한 아델리느보다 더 잘 어울렸다.

다만 직접적으로 알베르에게 혼담을 제안한다면 바로 물리치리라. 거리는 조금씩 좁히는 편이 좋았다.

“알베르 전하, 우리나라의 시찰은 아직 계속하는 중이시지요? 부디 다음에는 카롤리네도 동행시켜주십시오.”

엘리어스의 본심이 무엇인지 총명한 알베르는 단박에 깨달은 모양이었지만, 결코 감정을 터뜨리지는 않았다.

“염두에 두지.”

“황공합니다.”

“카롤리네 양, 내 종자 중에 그대에게 어울리는 사람이 있소. 어떠신지?”

알베르는 에둘러 카롤리네의 혼담을 거절했다. 당연히 헤르미네의 목표는 알베르였지 종자가 아니었다.

"알베르 전하, 카롤리네는 전하를 흠모하고 있습니다. 그렇게 박정한 말씀은 하지 말아주십시오."

헤르미네가 울 것만 같은 표정으로 한 걸음 내딛으며 알베르에게 매달리려고 했다. 그렇지만 알베르는 우아하게 슬쩍 피했다.

"기대에 보답하지 못해서 면목이 없소."

알베르는 카롤리네와 엘리어스를 번갈아 바라보면서 말했다.

"엘리어스, 이 이야기는 여기까지다."

'두 번 다시 혼담을 들고 오지 마라' 하고 알베르가 넌지시 못 박는 것에 엘리어스는 기사로서의 예의를 표했다. 어쨌거나 알베르를 불쾌하게 했다는 사실은 틀림없었다.

말할 것도 없이 알베르가 떠나간 후, 엘리어스는 헤르미네에게 실컷 매도당했다.

"엘리어스, 당신의 소개 방식이 나빴어요. 어쩔 건가요."

'내 어디가 마음에 안 들었지' 하고 말하며 카롤리네는 요한의 가슴에 안겨 눈물지었다. 요한은 필사적으로 카롤리네를 다독이고 있었다. 실수로라도 엘리어스와 요한 사이에서는 볼 수 없는 광경이었다.

"헤르미네, 알베르 전하께서는 결혼할 바에야 출가하겠다고 선언하셨습니다. 무리입니다."

"한 나라의 왕태자가 언제까지고 독신으로 남을 수는 없겠지요."

왕족이라면 이른 나이에 약혼자가 정해져서 대체로 십 대에 결혼한다. 알베르의 양친은 나라의 사정에 따라 열세 살에 결혼했다. 지크바르트도 첫 결혼은 열네 살 때였다. 알베르가 이례 중의 이례인 것이었다.

"아까 전 알베르 전하께서는 북쪽 대국 제1왕녀와의 혼담을 거절하셨습니다. 물러서야 할 때를 잘 재십시오."

"기다려요, 엘리어스. 뒤에서 공작을 해서 카롤리네를 알베르 전하께 시집보내는 겁니다. 알베르 전하의 측근을 매수하십시오."

이 이상 헤르미네에게 장단을 맞춰줄 수는 없었다. 애당초 알베르의 호위가 이런 곳에서 한눈을 팔고 있어선 안 된다.

"직무로 돌아가겠습니다."

엘리어스는 냉혹한 목소리로 말하고는 잰걸음으로 알베르의 곁으로 향했다. 물론 한 번도 뒤돌아보지 않았다. 카롤리네를 향한 동정은 전혀 일지 않았다.

*　　　*　　　*

저녁이 되자 엘리어스는 알베르의 방에서 붙잡혀, 고요한 중압 속에서 등에 난 상처의 상태를 확인받았다.

"엘리어스, 아프지는 않나?"

알베르가 등 뒤에서 걱정스럽게 물어왔지만 엘리어스는 밝은 말투로 대답했다.

"아프지 않습니다."

스스로 등에 생긴 상처를 확인할 수는 없었지만 낙마했을 때 느꼈던 심한 통증에 비하면 나았다.

"거짓말하지 마."

"이 정도라면 괜찮습니다."

"기사가 아니니 허세부리지 않아도 돼."

지크바르트도 그렇고 로데리히도 그렇고, 볼프스베데 황국의 기사는 온몸에서 피를 줄줄 흘려도 나약한 소리를 내지 않았다. 엘리어스의 세상을 떠난 아버지 또한 그랬다.

"저도 슈라이히가의 가주니까요."

엘리어스가 자신의 입장을 말하자 알베르는 차가운 미소를 떠올렸다.

"그대, 슈라이히 공작으로서 내게 카롤리네와의 혼담을 넣으려고 한 건가?"

드물게 알베르가 딱 잘라 추궁해 왔다. 표정으로는 드러나지 않았지만 기분이 상한 모양이었다.

"외람된 일이지만 카롤리네가 전하를 흠모하니까요."

엘리어스가 공손히 고개를 조아리자 알베르는 가볍게 손을 내저었다.

"내가 아니라 내 지위를 흠모하는 게 아닌가?"

역시나라고 해야 할지 당연하다고 해야 할지, 총명한 왕태자는 카롤리네나 헤르미네의 야심을 눈치채고 있었다. 지금까지 수많은 사람이 왕관을 노리고 접근했던 것이리라. 알베르 본인 또한 최고로 매력적이니 더욱 그랬다.

"……그런."

"내 약혼자였던 슈베르니 왕국의 에드위나야."

알베르는 모다브 왕국에서 가져온 에드위나의 초상화를 가리켰다. 아델리느와도 카롤리네와도 분위기가 다른 미녀였다.

당시 슈베르니 왕국의 세 왕녀는 재색을 겸비한 것으로 이름이 높아서 제1왕녀는 지크바르트의 네 번째 황비가 되었었다. 처음에는 미인이고 현명한 황비에게 지크바르트의 측근들은 기뻐했다.

"아름다우신 왕녀입니다."

알베르와 에드위나의 결혼식을 한 달 앞둔 무렵, 지크바르트는 네 번째 황비와 일방적으로 이혼하고는 슈베르니 왕국을 침공했다. 적으로부터도 군사의 천재라고 평가받은 지크바르트는 오만의 병사로 삼백만의 슈베르니 왕국군을 괴멸시켰다. 그 결과, 에드위나는 불꽃으로 휩싸인 왕궁에서 짧은 생애를 마쳤다. 현재 슈베르니 왕국은 볼프스베데 황국의 한 지방으로 편입되어 있었다.

지크바르트가 잔학왕으로서 대륙에 이름을 퍼뜨리게 된 전쟁 중 하나였다. 아니, 지크바르트 쪽에서 보면 잔학무도하지도 않거니와 부조리하지도 않았다.

슈베르니 왕국은 지크바르트를 은밀히 저세상 사람으로 만들어서 볼프스베데 황국을 병합하려고 꾀했던 것이었다. 지크바르트는 걸어온 싸움에서 이겼을 뿐이었다.

"아직까지도 에드위나를 사랑해. 나를 어리석다고 매도하겠나?"

지크바르트에게 밀린 슈베르니 왕국은 제2왕녀의 약혼자가 있는 모다브 왕국과 제3왕녀의 약혼자가 있는 웨이스데일 제국에 원군을 요청했다. 그러나 모다브 왕국이 결론이 나지 않는 회의를 반복하는 사이 슈베르니 왕국은 멸망하고 말았다.

알베르에게는 에드위나를 구할 수 없었다는 죄책감이 남았을지도 몰랐다. 무어라 형용하기 어려운 자책감이 느껴졌다.

"당치도 않습니다."

아델리느가 말한 대로, 남색가가 아니라 세상을 떠난 약혼자를 사랑하고 있을 뿐인지도 몰랐다. 엘리어스는 서글픈 애수가 감도는 알베르를 응시했다.

"그대도 왕태자의 의무를 다하라고 말하겠나?"

아델리느가 무사히 후계자를 출산해서 기쁨이 컸기 때문인지, 알베르는 여느 때와 달리 말이 많았다.

"결혼은 왕족의 의무입니다. 지크바르트 폐하께서는 바라지 않는 결혼을 네 번이나 하셨습니다. 다섯 번째 결혼도 처음에는 바라지 않으셨다고 들었습니다."

"지크바르트와 나는 이야기가 달라."

알베르가 말한 대로 모다브 왕국의 왕태자와 볼프스베데의 황제는 조금 입장이 달랐다. 그러나 어차피 마찬가지였다.

"저희들이 보기엔 매한가지입니다."

엘리어스가 단정적인 어조로 말을 꺼내자 알베르는 눈을 내리깐 채 말했다.

"내 마음이 에드위나에게 있는데도 아내로 맞이하는 것은 불쌍해."

이렇게나 알베르에게 사랑받는 에드위나는 얼마나 행복

할까 생각하며 엘리어스는 아버지의 사랑을 얻지 못해서 슬퍼했던 어머니의 모습을 떠올렸다. 헤르미네도 아버지의 사랑을 독점하려고 기를 썼었다.

"알베르 전하의 마음이 없다 해도, 곁에 있는 것만으로도 행복할지도 모릅니다."

알베르 같은 왕태자의 곁에 아내 자격으로 선다면, 여성은 그것만으로도 행복할지도 몰랐다. 무엇보다 알베르라면 아내로 맞이한 여성을 함부로 대하지는 않으리라. 알베르는 신하뿐만 아니라 신분이 낮은 자에게도 다정했다.

"그렇다면 그대가 내 비가 되겠나?"

순간 무슨 말을 들었는지 알 수 없어서 엘리어스는 얼떨떨한 표정으로 되물었다.

"……네?"

엘리어스의 반응에 만족했는지 알베르는 즐거운 듯 미소를 지었다.

"그대가 내게 왕태자의 의무를 다하게 해줘."

간신히 엘리어스는 알베르가 한 말의 의미를 이해했다. 물론 신부 의상 차림을 한 자신의 모습은 상상할 수 없었다.

"……심한 농담을."

엘리어스는 알베르의 태도를 보고 놀림당하는 상황이라

고 판단했다.

“농지거리는 하지 않아. 그대와 함께라면 새로운 그림을 그릴 수 있을 것만 같은 기분이 들어.”

알베르가 우아하게 미소 짓자 엘리어스는 당황했다. 대놓고 무시할 수는 없었다.

“과분한 영광에 황공한 말씀입니다만, 저는 시집갈 수 없습니다.”

“그대는 내게 왕족의 의무에 대해 말했어. 슈라이히 공작이라면 결혼은 의무겠지?”

알베르는 사소한 앙갚음으로 결혼을 입에 담았는지도 몰랐다. 확실히 슈라이히 공작에게도 결혼은 의무인지라 본래대로라면 약혼자가 있을 터였다.

“슈라이히 공작에게 있어서도 결혼은 의무입니다만, 저는 예외입니다.”

“혼담이 들어오지 않나? 크라센 재상의 막내딸과의 혼담을 얼핏 들었는데?”

지금까지 지크바르트에게 황비가 없었기에 로데리히나 빅토르 같은 측근들도 필연적으로 독신이었다. 하지만 황태자가 태어난 지금, 서둘러 측근들도 후계자를 얻어야만 했다. 로데리히나 빅토르에게 하나둘씩 혼담이 들어오는 것처럼 엘리어스에게도 이야기가 들어오고 있었다.

"제게 한마디도 없이 이복형인 요한이 거절한 모양입니다."

"슈라이히 공작과 크라센 재상의 딸이라면 좋은 배필이라고 생각하는데?"

알베르가 지적한 대로 지크바르트도 엘리어스와 크라센 재상의 막내딸 사이의 혼담을 지지했다.

"좋은 배필이기에 요한은 거절한 겁니다."

엘리어스에게 크라센 재상이라는 원조자가 붙는 일을 요한은 경계하고 있다.

"요한은 그대를 결혼시키지 않을 셈인가?"

"눈치채셨습니까? 제가 독신인 채 죽는다면 슈라이히 공작의 자리는 이복형이 낳은 자식이 잇게 되겠지요. 제가 빨리 죽는다면 요한이 슈라이히 공작입니다."

아직 요한이 자객을 보내오지는 않았다. 요한의 종자가 수상쩍은 움직임을 보이고 있기는 했지만 카롤리네의 혼담을 이루려는 공작이지 엘리어스의 암살을 위해서는 아니었다.

"그대, 어쩔 셈이지?"

알베르는 수려한 얼굴을 흐리며 엘리어스에게 훗날에 대해서 물었다.

"어찌할 생각도 없습니다. 다만 비밀을 품은 채 무덤으로 갈 따름입니다."

"애처롭군."

"알베르 전하, 저를 애처롭다고 여겨주신다면 평생 입을 다물어주시기를 바랍니다."

엘리어스가 간절한 태도로 부탁하자 알베르는 아름다운 눈을 가늘게 떴다. 우아한 왕태자에게 동정받는 상황이 무어라 말할 수 없이 답답했다.

*　　*　　*

왕태자가 태어나고 열흘이 지나도록 볼프스베데 황국은 들끓는 상태였다. 마찬가지로 열흘이 지나도록 엘리어스는 밤에 알베르의 방으로 불려갔다. 정확히 말하자면 알베르에게 상처의 상태를 강제로 진찰받았다.

알베르에게 남색가라는 소문이 떠돌고 있는 만큼 단순한 배려라고 넘어갈 수는 없었다. 주변에서 보면 엘리어스는 알베르의 총애를 받는 아름다운 젊은 공작으로만 보이는 것이었다.

"알베르 전하께서는 슈라이히 공작을 총애하시나."

"모다브의 왕태자 전하께서 남색가라는 소문은 사실인 모양이군."

"알베르 전하께서는 슈라이히 공작에게 모다브 왕궁으로 오라고 권유하고 계시는 듯해."

"알베르 전하의 측근도 애태우고 있는데."

황제의 거성 안 여기저기에서 갓 태어난 황태자의 이야기와 함께 알베르와 엘리어스의 이야기를 수군거렸다.

말할 것도 없이 소문은 지크바르트나 로데리히의 귀에도 전해졌다. 엘리어스 본인도 요한이나 헤르미네가 꾸짖는 통에 곤혹스러웠다.

그래도 호위인 이상 엘리어스는 알베르에게서 떨어질 수 없었다. 또한 알베르는 기회가 될 때마다 엘리어스를 곁에 두고 싶어 했다.

정무실에서 지크바르트와 알베르가 무역 요강에 대하여 이야기를 나누는 도중, 로데리히가 눈짓으로 신호를 보내와 엘리어스는 슬쩍 그에게 다가갔다.

"엘리어스, 어찌 된 일이냐? 알베르 전하와의 소문은 사실인가?"

정무실 한구석에서 로데리히가 묻자 엘리어스는 얼굴을 심하게 일그러뜨렸다.

"아닙니다."

"매일 밤, 알베르 전하의 방에서 지내고 있지? 단둘뿐이라고 들었다."

매일 밤 단둘이서 무엇을 하는지 로데리히는 상상조차 하고 싶지 않은 기색이었다. 일그러진 얼굴 상태가 엄청났다.

“제 상처를 걱정해 주시는 겁니다.”

“상처라면 의사에게 보이면 돼.”

로데리히가 지적한 대로 부상은 아무런 이유도 되지 않았다. 엘리어스는 여자의 몸이 원망스러워졌다.

“저도 그렇게 말씀드렸습니다만…….”

“자신의 사명을 잊었느냐?”

애당초 엘리어스가 알베르의 곁에 배정된 이유는 그의 진의를 파헤치기 위해서였다. 지금 현재 엘리어스는 그럴 처지가 아니었지만, 알베르의 본심에는 항상 맞닿아 있는 듯한 기분이 들었다.

“잊지 않았습니다. 알베르 전하께서 예정보다 하루 일찍 도착하신 사안에 관해서 수상한 점은 보이지 않습니다. 애초에 알베르 전하께서는 제법 느슨한 예정을 세우신 모양입니다.”

“……그 문제는 이제 됐어. 새로운 문제가 생겼다. 모다브 왕국 안에 불온한 소문이 흐르고 있어.”

아델리느가 낳은 황태자는 자동적으로 모다브 왕국의 왕위 계승권을 가진다. 즉, 지크바르트는 어린 황태자를 내세워 모다브 왕국을 빼앗는 일이 가능하다. 다만 알베르에게 후계자가 있다면 이야기는 달라진다.

"설마, 제가 원인입니까?"

모다브 왕국 안에서도 아델리느의 출산을 성대하게 축하했다고 들었다. 왕도는 연일 축제로 떠들썩해서, 모다브 초콜릿과 모다브 맥주의 소비량이 예년의 세 배라는 모양이었다. 알베르가 성혼하면 최고의 경제 효과를 바랄 수 있으리라.

"'지크바르트가 알베르 전하에게 그가 결혼하지 않게끔 빼어난 미형의 공작을 보내주었다' 라고 의심받고 있어."

로데리히가 괴로운 표정으로 얼굴을 굳히며 엘리어스의 단정한 용모를 물끄러미 바라보았다.

"저는 남색 상대가 아닙니다. 알베르 전하의 마음은 세상을 떠난 약혼자의 것입니다."

세상을 떠난 약혼자의 초상화에 말을 거는 알베르의 모습은 보고 있는 쪽이 괴로워졌다. 이 잡듯이 뒤져 보아도 볼프스베데 황국에는 없는 타입이었다. 아무리 아내를 사랑했어도 떠나 버리면 즉시 후처를 맞이하는 것이 전형적인 볼프스베데 황국의 사내였다.

"시종장인 세브란도 네게 신경질적이야."

알베르가 마음에 들어 하는 세브란에게는 그녀를 라이벌

이라고 여기는 듯한 기색이 있었다. 오해라고 말하고 싶지만 말할 수 없었다.

"예, 세브란이 잔뜩 노려본 데다 실컷 비아냥거리기도 했지만, 저는 아닙니다."

'나는 사실 여자다. 알베르 전하께서는 상처를 걱정하시는 것뿐이다' 라고 엘리어스는 세브란에게 밝히고 싶어졌지만, 입이 찢어져도 진실을 고할 수는 없었다.

"알베르 전하께서 그처럼 매일 밤 방에 틀어박히는 경우는 네가 처음이라고 들었다. 아무 일도 없을 리가 없어."

'정직하게 고해라' 라며 로데리히가 잡아먹을 것만 같은 눈빛으로 쳐다보자, 엘리어스는 물러서고 싶었지만 쥐어짜내는 목소리로 답했다.

"정말입니다. 아무 일도 없습니다."

"모다브 국왕도 너를 의심하는 게 아닐까?"

매일같이 모다브 국왕이 축하 선물을 보내와서 황제의 거성은 발 디딜 틈도 없을 정도로 꽉 차버렸다. 그 밑바닥을 모를 재력에 놀랄 따름이었다. 지크바르트뿐만이 아니라 측근들에게도 모다브 국왕이 직접 선물이 전해왔다. 엘리어스에게도 모다브 국왕은 알이 큰 다이아몬드 목걸이와 반지를 선물했다.

"다이아몬드 목걸이와 반지를 선물 받았습니다."

어째서 독신인 엘리어스에게 다이아몬드 목걸이와 반지를 선물했는지, 상대가 상대인 만큼 그 속에 있는 진의를 읽어내야만 했다. 아니, 모다브 국왕의 진위 따위는 간단하게 읽어낼 수 있었다.

"모다브 국왕이 보낸 메시지겠지. 알베르 전하께서 너를 포기하게끔 서둘러 결혼해 아내에게 주라고."

"그렇겠군요."

"어쨌거나 지크바르트 폐하께서 모다브에 야망이 있다고 의심받고 있어. 웨이스데일 제국파 사람들이 선동하고 있는 모양이지만."

지금 현재 대륙에서 제일가는 대국으로 평가받는 웨이스데일 제국에 대항할 유일한 나라는 지크바르트가 이끄는 볼프스베데 황국이었다. 군사력뿐이었던 지크바르트가 유복한 모다브 왕국과 동맹을 맺었기에 웨이스데일 제국은 계속 초조해하고 있었다. 어떻게 해서든 아델리느가 맺은 지크바르트와 모다브 국왕의 사이를 끊고 싶었던 것이다.

"역시, 웨이스데일 제국입니까?"

황제의 거성 안에서도 웨이스데일 제국과 내통하고 있다고 여겨지는 귀족이 몇 사람이나 있었다. 하지만 아직 확고한 증거가 없어서 지켜보는 중이었다.

"아아, 웨이스데일 제국은 어지간히 지크바르트 폐하가

두려운 모양이야."

"모다브 왕국과 웨이스데일 제국의 사이는 어찌 되고 있습니까?"

웨이스데일 제국에 침공당했다고는 해도 본디 모다브 국왕은 외교에 능했다. 무역이 생명줄인 왕국인 만큼 이득과 손해를 재어 움직이는 일이 많았다. 때문에 지크바르트의 기분을 거스르지 않게끔 웨이스데일 제국과의 관계를 수복하고 있다고 들었다. 마찬가지로 웨이스데일 제국 입장에서도 풍요로운 모다브 왕국과 손을 끊고 싶지는 않을 것이다.

"웨이스데일 제국 제3왕녀와의 혼담이 알베르 전하께 들어왔어."

알베르가 웨이스데일 제국의 왕녀와 결혼한다면 모다브 왕국은 평온하리라. 지크바르트 역시 본인 쪽에서 앞장서서 웨이스데일 제국과 싸우고 싶은 것은 아니니 불만은 없었다.

그렇다고는 해도 알베르의 대답은 묻지 않아도 알 수 있었다.

"알베르 전하께서는 거절하셨습니까?"

"아아, 또다시 웨이스데일 제국에게 침공당해도 별수 없다고."

웨이스데일 제국이 진심으로 쳐들어오면 모다브 왕국은 단 하루도 버티지 못하리라. 지크바르트가 달려가기도 전에 화려한 모다브 왕국은 타버린 벌판이 되리라.

"알베르 전하께서는 대체 무얼 하고 계시는 걸까요."

"그건 내가 너에게 하고 싶은 말이야. 너는 대체 무얼 하고 있는 거냐?"

"아무것도 안 하고……. 아니, 알베르 전하의 호위에 매달리고 있습니다."

엘리어스가 매서운 눈으로 선언했을 때, 크라센 재상이 떨떠름한 표정으로 나타났다. 얼마 전 알베르를 습격한 무리가 판명되었다고 했다.

"이름도 없는 지방의 한 영주가 웨이스데일 제국에게 부추김 받아 알베르 전하의 마차를 습격한 모양입니다. 캐물으니 모반을 일으켰습니다."

크라센 재상의 보고를 듣고 지크바르트는 날카로운 눈을 더욱 매섭게 떴다.

"일족과 가신, 모두 용서하지 않겠다."

지크바르트는 스스로 군을 이끌고 모반을 정벌할 생각인 듯했으나, 황태자가 막 태어났으니 삼가는 편이 좋았다.

엘리어스는 강한 의지를 실은 눈으로 지크바르트 앞에 이름을 대며 나섰다.

"지크바르트 폐하, 제게 맡겨주십시오. 마차를 습격당했을 때 저는 알베르 전하를 모시고 도망칠 수밖에 없었습니다. 분해서 견딜 수 없습니다."

알베르에게서 떨어지기 위해 엘리어스는 모반 정벌을 지원했다. 여러모로 큰일이겠지만, 이대로 알베르의 곁에 있는 편이 더 위험했다.

"엘리어스, 위험하니 그만두도록 해."

알베르가 새파래진 얼굴로 막았지만 지크바르트는 느긋하게 입매를 올렸다.

"엘리어스, 나를 따라와라."

지크바르트도 체면이 걸려 있으니 알베르를 습격했던 무리를 신하에게 맡길 수는 없었다. 로데리히와 빅토르도 지크바르트를 막으려고 들지는 않았다.

"성은이 망극하옵니다."

엘리어스는 지크바르트를 따라서 모반 정벌에 나서려고 했다. 그런데 누구보다도 우아한 알베르가 새파래진 얼굴로 만류했다. 다른 사람들의 눈도 꺼리지 않고서 엘리어스의 팔을 잡고 놓지 않았다.

지크바르트나 로데리히는 물론이고 모다브 왕국의 종자들도 일찍이 없었던 알베르의 모습에 동요했다. 그 왕태자가, 하고.

"엘리어스, 그만두도록 해."

'여자의 몸으로 싸울 수 있을 리 없잖아' 하는 뜻을 알베르의 아름다운 금갈색 눈동자는 대놓고 내비치고 있었다.

"저도 지크바르트 폐하의 기사니까요."

'알베르 전하에게서 떨어지고 싶다. 알베르 전하에게서 떨어질 수 있다면 싸워도 좋다. 차라리 싸움에서 목숨을 잃어도 좋다. 몸은 성별을 알 수 없게끔 태워 버리면 된다. 노여움을 몸에 두르고 바다로 뛰어들어도 좋다' 하고, 엘리어스는 지금까지 품은 적 없는 생각에 시달렸다. 뭐라고 해야 할지는 모르겠지만, 알베르가 다정하게 대해주면 괴로웠다. 어머니나 유모 이외에 누군가가 자신에게 다정하게 대해준 적이 없었기 때문인지도 몰랐다.

"몸이 약한 그대에게는 무리겠지."

"무리라 해도 해야만 하는 싸움이 있습니다."

엘리어스의 결심이 확고하다는 사실을 알자 알베르는 아연해하는 지크바르트에게 시선을 보냈다.

"지크바르트, 엘리어스는 내 호위로서 나를 섬기는 것이지요? 내 호위에 몰두하게 하겠습니다."

지크바르트는 여자의 마음에는 둔감했지만 바보도 아니거니와 아둔하지도 않았다. 그는 금세 엘리어스에 대한 알베르의 심상치 않은 마음을 깨달았다.

"알베르, 그대는 엘리어스가 마음에 들었나?"

지크바르트가 단도직입적으로 묻자 알베르는 진지한 표정으로 긍정했다.

"그렇습니다."

"엘리어스는 내 기사인데……."

지크바르트치고는 드물게 말을 흐렸고, 로데리히와 빅토르의 얼굴은 굳어졌다. 모든 이가 엘리어스와 알베르의 관계를 오해하고 있는 상황이었다.

"엘리어스가 위험한 상황에 처하지 않았으면 합니다. 상처 따위 입지 않게끔."

알베르가 절절한 비애를 띠며 지크바르트뿐만 아니라 로데리히나 크라센 재상을 압박했다.

엘리어스는 불만을 말하고 싶었지만 무엇을 어떻게 말하면 좋을지 몰랐다.

"……아."

지크바르트는 알베르에게서 도망치듯이 로데리히에게 시선을 보냈다. 그렇지만 로데리히도 끼어들 수 없었다.

"엘리어스를 전투에 내보낼 수는 없습니다. 내 곁에 두고 싶습니다."

알베르는 엘리어스의 어깨를 끌어안고서 늠름한 목소리로 말했다.

"……부디."

지크바르트는 복잡기괴하기 그지없는 표정을 띠더니 엘리어스를 남겨두고 출진해 버렸다. 물론 아델리느에게 인사의 키스도 하지 않았다.

신출귀몰한 지크바르트군은 눈 깜짝할 사이에 거성에서 사라졌고, 엘리어스는 알베르에게 어깨를 안긴 채 한숨을 쉬었다.

"알베르 전하, 무슨 행동을……."

'완전하게 오해받고 말았습니다'라는 뜻을 담아 엘리어스가 잔뜩 노려보았지만, 알베르에게는 아무런 효과도 없었다.

"엘리어스, 그대에게 싸움은 무리야. 그 아름다운 얼굴과 몸에 상처를 내지 마."

알베르의 곁에 있으면 머지않아 여자라는 사실을 들키게 될지도 몰랐다. 엘리어스는 몸속 깊숙한 곳에서 쥐어짜 낸 목소리로 외쳤다.

"저는 기사입니다. 남자입니다. 잊지 마십시오."

"지크바르트에게 전부 밝히도록 해. 그대는 내가 책임지도록 하지."

알베르의 기사도 정신이 발휘되면 다루기가 어려웠다.

"됐습니다. 부탁이니 지크바르트 폐하께 아무 말도 하지 마시기 바랍니다."

알베르를 저세상 사람으로 만들지 않으면 그녀가 파멸하고 만다. 그런데도 도저히 알베르를 처리할 수 없었다. 엘리어스는 무시무시한 갈등에 시달렸다.

"그대가 걱정돼서 못 견디겠어. 모다브에서도 공작의 지위와 그에 걸맞은 영지를 주지. 모다브로 와라."

"필요 없습니다. 저는 볼프스베데의 흙으로 되돌아가겠습니다."

엘리어스와 알베르의 말다툼을 모다브 왕국의 종자들은 벌레 씹은 표정으로 바라보았다. 다른 사람의 눈으로 보면 남자 사이의 애정 다툼으로밖에 보이지 않았기 때문이었다.

그 결과 엘리어스와 알베르의 소문은 점점 과장되어 전광석화의 속도로 퍼지더니 안정 중인 아델리느의 귀에까지 들어가게 되었다.

"……에, 에, 엘리어스가 오라버니의 애인? 엘리어스는 지크바르트가 오라버니께 내어준 애인? 엘리어스가 지크바르트의 명령으로 오라버니를 유혹했다고? 어찌 된 일이야아."

아델리느가 침대에서 분개했다는 이야기를 듣고 엘리어스가 머리를 싸맨 것은 말할 것도 없었다.

7장

다음 날, 지크바르트가 모반을 진압했다는 보고가 전해졌다. 여전히 반해 버릴 것만 같은 전과였다.

"역시나 군사의 천재."

"대륙 제패도 꿈은 아닐 겁니다."

볼프스베데 황국은 불운한 시대가 길었던 탓인지 지크바르트에게 대륙 제패의 꿈을 기대하는 자가 적지 않았다.

"오오, 언제까지나 웨이스데일 제국이 거만한 얼굴을 하고 있게 둘 수는 없지."

"모다브의 자금 원조가 있다면 지금 당장에라도 전쟁을

일으킬 수 있어. 우리 지크바르트 폐하라면 웨이스데일 제국에게도 이길 게야."

지크바르트의 강인함에 취한 자들과는 정반대로, 엘리어스는 알베르의 곁에서 무척이나 거북한 시간을 보냈다. 자신을 알베르의 애인 취급하는 자까지 나타나자 엘리어스는 분노로 바들바들 떨었다.

측근들의 안색은 나빴지만 알베르는 태연한 상태였다. 웨이스데일 제국에서 자객을 보내왔다는 보고를 받아도 꿈쩍하지 않았다.

"알베르 전하, 웨이스데일 제국을 화나게 하면 성가십니다. 서둘러 관계를 수복해야만 합니다."

세브란이 씁쓸함에 가득 찬 표정으로 알베르에게 진언했다.

"웨이스데일 제국과의 관계는 지난번 침공 당했을 때 끝났어. 이번에는 아바마마의 외교 정책에 찬성할 수 없군."

알베르는 모다브 국왕이 부지런히 공물을 바쳤어도 갑작스럽게 침공해 왔던 웨이스데일 제국에 대한 불신감이 심해져 있었다. 어쨌든 다른 나라와 협력해서 모다브 침공군을 모은 주모자였기 때문이었다.

"알베르 전하, 웨이스데일 제국과 적대할 각오이시라면 볼프스베데 황국과의 관계를 강화하십시오."

'지크바르트와 혈연관계가 있는 영애를 신부로 맞이하십시오' 하고 말하며 세브란은 악마 같은 형상으로 알베르를 몰아붙였다.

"나는 결혼하지 않아. 지크바르트와 아델리느의 아이를 내 후계자로 삼겠어. 이 이상의 관계 강화는 없겠지."

한도 끝도 없겠다는 사실을 깨달았는지 세브란은 갑자기 화제를 바꾸었다.

"엘리어스가 꽤 마음에 드시는 모양이군요."

"그래."

알베르는 쑥스러워하지도 않으며 인정했지만, 엘리어스가 곤혹스러워지고 말았다. 그게 아니겠지, 하고.

"엘리어스는 남자이니 비로 삼을 수 없습니다."

'엘리어스를 애인으로 삼아 모다브에 데려가는 일은 용납되지 않습니다' 하는 뜻을 세브란은 은연중에 내비쳤다.

"그렇지."

"엘리어스의 이복 누이라면 어떠십니까?"

세브란은 이전에는 거들떠보지도 않았던 카롤리네를 알베르의 신부 후보로 내세웠다. 알베르가 엘리어스를 너무나 총애하는 모습을 보고 위기감을 느낀 듯했다.

그런 이유로 카롤리네를 알베르의 비로 삼으려는 건가 싶어 엘리어스는 세브란이나 모다브 왕가에 기겁을 하고 말았다. 신부 차림을 한 카롤리네가 알베르에게 바싹 달라붙는 장면을 상상하자 엘리어스의 가슴이 콕 쑤셨다. 어째서 가슴이 아픈지, 그리고 이렇게 초조해지는 것인지 그 이유는 알 수 없었다.

"그만둬."

알베르는 카롤리네에게 아무런 감정도 보이지 않았다. 세브란이 입에 담지 않았다면 떠올리지도 않았으리라.

"알베르 전하, 언제까지고 이대로 지내실 수는 없습니다. 총명한 전하이시니 아시리라 믿습니다."

엘리어스는 알베르와 세브란의 실랑이를 듣고 있기만 해도 괴로웠다. 그러나 어쩔 도리가 없었다.

아델리느가 무사히 출산을 했고 산후 조리도 순조로우니, 슬슬 알베르는 모국으로 돌아갈 터였다. 그렇게 되면 이런 소동도 잠잠해지리라.

엘리어스는 냉정하게 그때를 기다렸다. 지금은 세상을 떠난 아버지에게 유폐를 당했던 때에 비한다면 그때를 기다리는 일쯤은 아무렇지도 않았다. 그런데도 가슴이 조여드는 듯이 아팠다.

'나는 대체 어찌 된 거지' 하는 생각에 엘리어스는 아픈 가슴을 억누르며 누구보다도 우아한 왕태자를 곁눈질로 보았다.

가슴에 느껴지는 통증의 원인이 알베르라는 사실은 틀림없었다. 알베르가 세상을 떠난 약혼자에 대한 사랑을 이야기할 때마다 엘리어스가 느끼는 가슴의 통증은 심해져 갔다.

*　　*　　*

다음 날도 이른 아침부터 같은 일이 반복되었다, 알베르는 갓 태어난 아기를 보며 싱글벙글거렸지만 세브란을 필두로 한 측근들의 안색은 시체처럼 나빴다. 엘리어스는 배다른 형인 요한이 따지고 드는 것에 진이 빠져 달아나 버렸다.

밤이 되자 엘리어스는 상처의 상태를 확인하는 알베르에게 감정을 실어 말했다.

"알베르 전하, 이제 상처는 나았을 겁니다. 오늘 밤을 마지막으로 하지요."

엘리어스는 알베르와 단둘이 되면 자신의 감정이 이상해진다는 사실도 깨달았다. 이 이상 정신이 이상해지기 전에 그에게서 떨어지고 싶었다.

"아직 완치되지 않았어."

알베르가 응시하는 벌거벗은 등이 뜨거웠다. 벗은 군복

위로 감춘 가슴까지 쑤셔왔다.

"이대로라면 주변에 오해를 불러일으킬지도 모릅니다……. 아니, 이미 오해받고 있습니다."

엘리어스는 자신에게 향하는 호기심 어린 눈에 어찌할 바를 몰랐다. 답답함만으로 끝날 일이 아니었다.

"좋을 대로 오해하게 내버려 두면 돼."

가슴에 새로운 붕대를 감고 있을 때, 갑자기 아무런 예고도 없이 별안간 중후한 문이 열리더니 갓난아기를 안은 아델리느가 뛰어 들어왔다.

"오라버니, 엘리어스와 무슨 짓을 하시는 거예요. 오라버니는 남색가셨어요? 이 아이에게 모다브를 줄 거예요? 이 아이는 모다브 따위는 바라지 않는대요. 모다브를 이을 사람은 오라버니의 아이예요."

아델리느는 단숨에 떠들어댔고 등 뒤에서는 갓 태어난 황태자의 유모와 전 교육 담당인 프랑소와즈가 새파랗게 질린 얼굴로 우왕좌왕하고 있었다.

엘리어스는 예상도 하지 못한 전개에 굳어버렸지만, 알베르는 아델리느의 팔에 안긴 황태자의 모습에 반응했다.

"아델리느, 갓난아기의 목은 아직 힘이 없어."

황비가 갓난아기를 안아 들고서 오빠의 방에 뛰어들다니 일찍이 없었던 진기한 일이었지만 아델리느는 전혀 신경 쓰지 않았다.

"모다브를 이을 오라버니의 아이와 제가 낳은 아이가 사이좋게 지내는 거예요. 협력해서 모다브와 볼프스베데를 발전시키는 거예요. 오라버니께 엘리어스를 총애하고 있을 여유는 없어요."

아무래도 오늘 밤도 알베르가 엘리어스를 자기 방으로 데리고 들어갔다는 소리를 들은 아델리느가 안색이 바뀌어 뛰어 들어온 모양이었다. 허둥대는 것은 아델리느의 주위 사람들과 알베르의 측근들의 몫이었다. 세브란은 아델리느의 습격에 질렸는지 중후한 문 앞에 멈춰 서 있었다.

"아델리느, 진정해라. 아기가."

알베르는 비통한 표정으로 작은 황태자를 아델리느의 팔에서 빼앗았다. 지체 없이 유모가 알베르의 곁으로 달려갔다.

"엘리어스, 당신은 지크바르트에게 신뢰받는 좋은 기사지만 오라버니의 연인으로서는 인정해 드릴 수 없어요."

아델리느가 용맹한 얼굴로, 아연한 표정으로 굳어 있는 엘리어스에게 돌격했다.

"……아델리느…… 황비님……."

간신히 엘리어스는 제정신을 차리고 현재 자신의 상태를 확인했다. 상처를 치료하던 도중인 탓에 엘리어스의 상반신은 아무것도 걸치지 않은 채 가슴만 군복으로 가리고 있을 뿐이었다.

"오라버니께서는 모다브의 국왕이 되실 거예요. 제 오라버니는 평범한 오라버니가 아니세요. 엘리어스는 처음으로 오라버니께서 총애한 사람이니까 축복해 드리고 싶지만, 엘리어스가 남자니까 비로서 인정할 수 없어요. ……어? 엘리어스?"

단숨에 다그치듯이 떠들어대던 아델리느의 손이 엘리어스의 군복 너머의 가슴을 만졌다.

"……읏!"

'큰일이다' 하고 생각했지만 엘리어스가 몸을 빼낼 틈도 없었다. 아델리느는 눈에도 잡히지 않는 속도로 엘리어스의 가슴을 감추었던 군복을 벗겨냈다.

엘리어스의 부푼 가슴이 드러나자 주변은 쥐 죽은 듯이 고요해졌다. 평소에는 천으로 동여맨 뒤 군복으로 덮어 가리는 부분이었다.

긴장된 침묵을 깬 사람은 다름 아닌 아델리느였다.

"엘리어스, 여자였군요? 남자가 아니었군요? 여자로군요."

아델리느는 엘리어스의 군복을 손에 든 채, 뺨을 붉게 물들이면서 한층 더 튀어 오르는 목소리로 말했다.

"……아닙니다. 저는 남자입니다."

엘리어스는 아델리느의 손에서 군복을 다시 빼앗아 허둥지둥 몸에 걸쳤다. 그렇지만 평상시처럼 가슴을 압박하는 천을 감지 않아서 부자연스러워 보였다.

"새언니, 감춰도 소용없어요."

아델리느가 반짝반짝 빛나는 눈빛으로 바라보자 엘리어스는 몸을 뒤로 젖히고 말았다.

"……네?"

'새언니라니 무슨 말씀입니까' 하고 엘리어스가 아델리느에게 물을 새도 없었다. 전대미문의 황비는 엘리어스의 기분 따위는 헤아리지 않았다.

"앞으로 새언니라고 부를게요."

아델리느가 기세 좋게 끌어안는 것에 엘리어스는 쓰러질 뻔했지만 가까스로 버텼다.

"……그, 그, 그만두십시오. 무슨 말씀이신지……."

어떻게 하면 얼버무릴 수 있을지 엘리어스는 필사적으로 머리를 굴렸지만 한없이 헛된 노력이었다.

"새언니, 새언니라면 좋아요. 당장 오라버니와 새언니의 결혼식 준비를 해야지."

'정말 그러면 그렇다고 빨리 말하라고요오. 꺅꺅꺄아악' 하고 아델리느는 즐겁다는 듯이 엘리어스의 품에서 들뜬 목소리로 말했다.

"……아델리느 황비님?"

엘리어스는 가까스로 아델리느를 자신의 가슴에서 떼어냈다. 그러자 아델리느의 환희로 가득 찬 시선이 엘리어스에게서 알베르에게 향했다.

"오라버니, 오라버니, 오라버니께서도 여간내기가 아니시네요. 제대로 스스로 찾아내셨잖아요. 하루라도 빨리 엘리어스를 비로 맞이하도록 하세요. 아바마마와 어마마마께서도 분명히 크게 기뻐하실 거예요."

아델리느가 알베르의 품에 뛰어들어 기쁜 듯이 다리를 버둥거렸다. 한 아이의 어머니로도 한 나라의 황비로도 보이지 않는 모습에, 알베르는 오빠로서 담담한 말투로 타일렀다.

"아델리느, 너는 황태자의 어머니야. 조금 더……."

오빠로서 하는 지극히 당연한 잔소리를 아델리느는 완전히 무시했다.

"오라버니, 엘리어스가 드레스를 가지고 있나요? 언제까지고 엘리어스에게 군복 따위를 입힐 셈인가요? 제 드레스는 엘리어스에게 너무 작겠지요. 곧바로 디자이너를 부를게요."

아델리느는 아이처럼 알베르의 가슴에 뺨을 비비적비비

적 문질렀다. 엘리어스가 여자라는 사실에 흥분이 멈추지 않았던 것이다.

"아델리느, 너도 엘리어스가 마음에 들었니?"

알베르가 확인할 필요도 없이 원래 아델리느는 호위 역할로 성에 온 엘리어스를 마음에 들어 하고 있었다. 지크바르트를 절대로 배신하지 않을 충신으로서, 아델리느 안에서 엘리어스는 평가가 높았던 모양이다.

"물론, 제 새언니예요. 미래의 모다브 왕비에 걸맞은 기사…… 가 아니라 영애예요. 좋은 배필이잖아요. 아무도 불만 따윈 말하지 않을 거예요."

아델리느의 흥분이 최고조에 이른 순간, 지크바르트가 귀환했다는 전령이 날아들었다. 웨이스데일 제국의 입김이 닿았던 모반을 최소한의 피해로 진압하고 온 것이었다.

"지크바르트가 돌아왔어요."

지크바르트의 이름을 듣더니 아델리느는 어리광 부리는 여동생의 얼굴에서 가장 사랑하는 남편을 기다리는 아내의 모습으로 바뀌었다.

"지크바르트가 또 제게 잘 다녀오겠다는 키스도 하지 않고 출진했어요. 불만을 말해야 해요."

아델리느는 빙그르 등을 돌리더니 알베르의 방에서 무시무시한 기세로 뛰쳐나갔다. 그야말로 폭풍 같은 황비였다.

전 교육 담당인 프랑소와즈가 사명감으로 아델리느를 뒤따랐고, 유모는 황태자를 안고서 조용히 물러갔다.

아델리느가 사라지자 주변이 갑자기 고요해져서 엘리어스는 싫어도 알베르와 마주하게 되었다.

“엘리어스, 내 여동생의 실수를 용서해 줘.”

이런 때까지 알베르는 우아해서, 엘리어스는 어이없는 마음을 뛰어넘어 감탄했다. 아니, 비밀이 들통 난 엘리어스에게는 시간이 없었다.

“알베르 전하, 마지막 부탁입니다. 저는 아델리느 황비님의 입을 막을 수 없습니다. 제 비밀은 곧바로 사람들에게 퍼지겠지요.”

그 태도로 보면 지크바르트에게 귀환의 키스를 하자마자 아델리느는 엘리어스의 성별을 입에 담고 말리라. 아마도 아델리느는 엘리어스가 처벌의 대상이 되리라는 사실을 깨닫지 못한 듯했다.

“지크바르트에게 용서를 구해.”

모다브 왕국이라면 용서받을지도 모르겠지만, 파란만장한 기사의 나라에서는 무엇보다 용서받을 수 없는 일이었다. 총명한 알베르도 어차피 평화병에 걸린 왕태자다.

“지크바르트 폐하께서는 입장상 저를 용서하실 수 없습니다. 지크바르트 폐하의 치세에 흠이 갈 뿐입니다. 저에게도 자존심이 있습니다. 마지막으로 제 자존심을 존중해 주십시오."

엘리어스는 슈라이히 공작의 눈을 한 뒤 일어서더니 세브란이 서 있는 문을 향해 걸어가기 시작했다.

한시라도 빨리 매듭을 지어야만 했다.

"엘리어스, 어쩔 셈이야? 내가 지크바르트에게 잘 말해 볼까?"

"저는 남자라고, 아델리느 황비님의 착각이었다고, 지크바르트 폐하께 말씀드려 주십시오. 덜렁대시는 아델리느 황비님이시니 있을 법한 착각이겠지요."

요는 엘리어스가 여자라는 사실이 퍼지지 않으면 그만이었다. 그랬다, 엘리어스는 스스로 죽을 각오를 한 것이었다.

엘리어스의 태도를 보고 알베르는 고운 미간을 찡그렸다.

"엘리어스, 무엇을 할 셈이지?"

"이 몸을 태우겠습니다. 제게는 그 방법만 남았습니다. 마지막으로 알베르 전하께서 자비를 베풀어주시기를 바랍니다. 부디 제가 남자라고 증언해 주십시오."

엘리어스는 마지막 인사를 하고는 알베르에게 기사로서의 예의를 표했다. 그리고 방을 나서서 죽을 장소로 향하려고 했지만 험악한 표정을 한 세브란에게 가로막혔다.

"세브란, 어째서 막는 거지?"

세브란은 양팔을 좌우로 크게 벌린 채, 서둘러 나가려 하는 엘리어스를 통과시키지 않았다.

"엘리어스, 나는 그대가 남자라고 생각해서 반대했소. 여성이라면 반대하지 않아. 황제와 혈연관계에 있는 슈라이히 공작의 영애, 더 바랄 나위 없이 좋은 인연이오."

세브란은 희희낙락한 눈으로 엘리어스와 알베르의 혼담을 지지했다. 알베르에게 목숨을 바친 시종장 세브란도 아델리느와 같은 의견이었다.

"세브란까지 무슨 소리를 하고 있는 건가. 내가 여자라는 사실을 들키면 반역죄로 일족과 가신들까지 처벌받게 된다. 무엇보다 알베르 전하께 나를 비로 맞을 마음이 없어."

알베르의 마음은 세상을 떠난 약혼자의 것이라고 생각한 순간, 엘리어스의 가슴이 꽉 조여들었다. 알베르에게 보호받는 아델리느보다 알베르에게 사랑받는, 세상을 뜬 약혼자가 부럽다고 생각하고 말았다.

그렇구나, 아델리느가 아니라 세상을 떠난 약혼자인 에드위나 왕녀가 부러운 것이었다. 나는 에드위나 왕녀처럼 알베르에게 사랑받고 싶었다, 하고.

엘리어스가 자신이 품은 연정을 깨닫고서 아연해하자 알베르는 싱긋 미소 지었다.

"엘리어스, 그대를 알고 나서부터 내 마음은 진정되지를 않아. 앞으로는 내가 그대를 지킬 테니 걱정하지 마."

자신의 마음을 자각하니 알베르를 똑바로 쳐다볼 수가 없어진 엘리어스는 시선을 피하곤 안절부절못했다.

"그런 표정으로 무슨 말씀을 하시는 겁니까."

"그대가 내 비가 되면 돼. 내 비가 될 영애에겐 아무리 지크바르트라도 손을 댈 수 없어."

알베르가 다정한 눈빛으로 바라보자 엘리어스는 마음이 술렁거렸다. 지금까지 아무도 지켜주지 않았던 고독한 영혼이 알베르에게 보호받기를 원했다. 그러나 알베르에게는 세상을 떠난 약혼자가 있었다.

"세상을 떠난 약혼자를 아직도 잊지 못하고 계시다는 분은 누구십니까?"

엘리어스는 냉정하게 세상을 떠난 약혼자를 입에 담을 셈이었지만, 감정이 고양된 모양인지 입 밖으로 나온 목소리는 잔뜩 갈라진 채였다.

그런 엘리어스의 반응에 알베르뿐만 아니라 세브란도 만족스러워 보였다.

"에드위나를 잊을 순 없겠지. 그러니 그대가 잊게 만들어 주었으면 해."

알베르는 애절한 미소를 지으며 엘리어스에게 천천히 다가갔다.

"……윽!"

"그대를 알고 나서부터 에드위나를 생각하는 시간이 줄어들었어. 그대의 무사를 내 눈으로 확인하지 않으면 걱정되어서 견딜 수가 없어."

'이런 마음은 태어나서 처음이야' 라고 알베르는 자신의 가슴을 억누르면서 부끄럽다는 듯이 말했다.

"저는……."

문 앞을 세브란이 가로막고 서 있어서 나갈 수가 없었다. 엘리어스는 발코니로 이어지는 창문을 향해 나아갔지만, 알베르가 살며시 어깨를 끌어안자 멈추어 섰다.

"그대, 스스로 죽어서 자기 몸을 다 태울 셈인지도 모르겠지만, 그렇게 해선 아무것도 해결할 수 없어. 그대의 사체 앞에서 슈라이히 공작 일족은 처벌되겠지."

충분히 있을 법한 미래를 알베르가 깨우쳐 주자 엘리어스는 등줄기가 얼어붙었다. 온몸과 마음을 다해 자신을 애지중지해 주었던 유모나 시녀장의 얼굴이 눈에 선했다. 배다른 형이나 배다른 여동생의 불행을 바라지도 않았다.

"……윽."

"슈라이히 일족을 구하려면 내 비가 되는 수밖에 없어. 나도, 모다브도 싸움은 서투르지만 교섭은 특기니까 맡겨 줘."

알베르는 기사처럼 꿇어앉아 인형처럼 못 박혀 서 있는 엘리어스의 손에 입맞춤을 했다.

말할 것도 없이 숙녀로서 취급받아 본 적은 태어나서 처음이었다. 알베르가 입맞춤한 손에서 퍼진 열기로 엘리어스의 온몸이 뜨거워졌다.

"저는…… 저는 여자로 자라지 않았습니다. 왕태자비는 무리입니다."

검을 다룰 수 있고 말도 탈 수 있었고 전법도 논할 수 있었지만, 숙녀로서의 매너는 무엇 하나 몸에 익히지 않았다. 엘리어스가 현실적인 문제를 입에 담자, 알베르는 만면에 미소를 떠올렸다.

"그대도 아델리느를 알잖아? 모다브 왕궁은 그 말괄량이를 기른 장소니까 걱정하지 않아도 돼."

아델리느의 파격적인 모습은 엘리어스가 아니라도 누구나 알았다. 아직까지도 아델리느의 왕녀답지 않은 소행은 모다브 왕궁에서 화제에 오르고 있다고 했다.

"……읏."

아델리느를 내세우면 엘리어스 역시 아무 말도 할 수 없었다.

"지금까지 여자의 몸으로 힘들었겠지. 앞으로는 내게 맡겨."

알베르에게 모든 것을 내맡기고 싶어졌지만 자신 때문에 피해를 주기는 싫었다. 그것이 엘리어스가 알베르를 향해 품은 여심이리라. 완고한 지크바르트를 설득하기란 이만저만한 일이 아니었다. 무엇보다, 완고한 사람은 지크바르트뿐만이 아니었다.

"……알베르 전하께도 폐가 됩니다."

"내가 싸우는 방식을 잘 보도록 해."

알베르가 우아하게 개전을 선언하자 세브란은 느긋하게 웃었다. 그저 단순하게 지크바르트에게 사죄할 생각은 아닌 모양이었다.

"……그."

"나를 못 믿겠나?"

"……아니요."

엘리어스는 불안해서 견딜 수 없었지만, 괴롭지도 않거니와 슬프지도 않았다. 곁에 알베르가 있기 때문이리라.

알베르가 다정하게 키스를 하자 엘리어스는 다리에 힘이 풀렸다. 누구보다도 우아한 왕태자의 입술은 설탕 과자보다도 달았다.

이렇게 남성과 입술과 입술로 키스를 나누어 보기는 태어나서 처음이었다.

'지금 나는 대체 뭘 하고 있지. 알베르 전하께서는 내게 무얼 하셨지' 하고, 엘리어스는 가벼운 공황 상태에 빠졌다.

"엘리어스, 내 입맞춤이 마음에 들지 않아?"

알베르가 다정한 손놀림으로 안아 올리자, 엘리어스의 심장박동이 빨라지기 시작했다.

"……윽."

"어떤 입맞춤을 바라는지 말해."

알베르의 말을 엘리어스는 이해할 수 없었다.

"……무…… 무…… 무슨 말씀을……."

"사랑하는 사람을 안으면 가슴이 뜨거워지게 마련이지."

알베르는 혼잣말처럼 툭 흘리더니 엘리어스의 눈가에 키스를 했다. 코끝과 뺨도 입술로 훔쳤다.

"……기…… 저기……."

엘리어스의 시야로 반짝반짝한 것이 날아들고, 머릿속이 멍해져서 이상했다. 자신이 자신이 아닌 것만 같은 감각이었다.

"사랑해."

세상을 떠난 약혼자의 초상화에 말을 걸던 알베르의 눈

빛보다도 훨씬 달콤했다.

"……아……."

"언제까지고 이러고 있을 상황은 아니지."

알베르는 아름다운 눈을 가늘게 뜨더니 엘리어스의 입술에 마지막 키스를 했다.

*　　*　　*

알베르의 방으로 아델리느의 시녀가 옷 상자와 화장품 상자를 가지고 들어왔다. 이러니저러니 하는 사이에 엘리어스는 군복을 벗고 모다브제 드레스를 입게 되었다. 알베르에게서 선물 받은 알이 큰 다이아몬드 목걸이와 팔찌를 보고 엘리어스는 현기증이 날 것만 같았다.

정확히 말하자면 처음으로 몸에 걸친 드레스에 곤혹스러웠다.

"엘리어스, 생각했던 대로 그대에게는 군복보다 드레스 쪽이 잘 어울려."

알베르는 대놓고 칭찬해 주었지만, 드레스 차림을 한 엘리어스는 제대로 걸을 수도 없었다. 아무것도 없는 바닥에 성대하게 굴러서 알베르나 세브란을 놀라게 만들었다.

"……우, 움직일 수 없어요."

엘리어스가 바닥에 주저앉은 채 말을 흘리자 알베르는 미소 지으면서 손을 내밀었다.

"상관없어, 아델리느처럼 왕궁 안을 뛰어다니거나 하지 않으면."

엘리어스는 아델리느처럼 드레스 차림으로 뛰어다니고 싶어도 될 수 없었다.

"그런 문제가……."

"내 공주님, 가자."

알베르에게 에스코트를 받으며 엘리어스는 천천히 걷기 시작했다.

거성 안의 사람들은 알베르가 소중하게 데려가고 있는 여성이 누군지 모르는 모양이었다. 다만 모두가 엘리어스의 미모를 칭찬했다.

"알베르 전하께서 데려오신 여성은 어디에서 온 영애지?"

"정말 아름다우시군."

"달의 여신이 내려온 것만 같군."

지크바르트는 대신들이 들어찬 대연회장에서 아델리느의 이야기에 귀를 기울이고 있었다. 다만 최고조로 흥분한 아델리느의 이야기는 횡설수설했기에, 지크바르트의 표정은 대단히 험악했다.

"아델리느, 내가 알아듣게 이야기해라."

지크바르트가 두 손 들었다고 말하고 싶은 듯이 한숨을 내뱉자 아델리느는 고개를 잘게 흔들었다.

"그러니까, 엘리어스는 여자였어요. 오라버니는 남색가가 아니에요. 엘리어스와 오라버니를 결혼시킬 테니 준비해 줘요."

"엘리어스는 내 기사다. 모욕하지 마라."

지크바르트와 마찬가지로 주변에 있던 로데리히와 빅토르, 크라센 재상도 떫은 표정이었다.

"모욕 따위 하지 않았어요. 엘리어스는 여자였어요. 제대로 가슴이 달려 있었어요."

아델리느는 지크바르트의 팔을 붙잡고는 붕붕 휘둘렀다. 덤이라는 듯이 지크바르트의 뺨에 키스도 했다.

"이상한 거라도 먹었나?"

지크바르트가 의아하다는 눈빛으로 바라보자 아델리느는 볼을 볼똑 부풀렸다.

"이상한 것 따위 먹지 않았어요."

"너, 초콜릿을 너무 먹어서 환각이라도 본 거겠지."

아델리느에게 계속해서 휘둘려왔던 지크바르트가 아니고서는 할 수 없는 말에 로데리히와 크라센 재상은 조용히 웃음을 터뜨렸다.

당연히 아델리느는 지크바르트의 날카로운 말에 기죽지 않았다.

"초콜릿을 너무 먹어서 환각을 본다면, 모다브 국민에게는 전부 환각 증상이 나타날 거예요."

'아바마마도 오라버니도 환각 동료예요' 라고 아델리느는 높게 소리 질렀다.

'말이 너무 심하십니다' 라고 로데리히가 작은 목소리로 지크바르트에게 주의를 주었다. 아버지가 되어서도 여전히 지크바르트는 서툴렀다.

"그런가."

"환각이 아니에요. 제대로 엘리어스의 가슴을 만져 보고 확인했어요. 유모보다 작지만 크리스티느보다 클지도 몰라요. ……아니, 저랑 비슷한 정도일까요."

아델리느는 엘리어스의 가슴을 나타내려는 듯이 지크바르트에게 자신의 가슴을 들이밀었다.

"엘리어스는 남쪽 지구에서 일어났던 폭동을 진압한 적이 있었는데 어린 나이에도 불구하고 좋은 수완이었지. 몸이 약하지 않았더라면 근위 연대장에 임명했을 거다."

'그 용맹하고 과감한 기사가 여자일 리가 없지' 하는 뜻을 지크바르트는 날카로운 두 눈으로 강하게 내비쳤다.

황제가 주최하는 검술 대회에서 엘리어스에게 졌던 기사

들도 동의한다는 양 주억거렸다. 근위대의 장군이나 해군의 장군도 엘리어스의 검술 솜씨는 인정하고 있었다.

“엘리어스에게는 아버지가 안 계시지요? 지크바르트가 아버지 대신 엘리어스를 시집보내주세요. 혼수를 장만할 돈이 없다면 제가 내줄게요.”

아델리느는 재촉하듯이 지크바르트의 가슴을 콩콩 때렸다. 무슨 일이 있어도 엘리어스를 알베르에게 시집보낼 마음이었다.

“남자끼리 결혼은 무리다.”

“그러니까 엘리어스는 여자라고 말했잖아요.”

“엘리어스가 여자였다면 작위를 이을 수 없어.”

지크바르트가 담담하게 볼프스베데 황국의 규칙을 늘어놓자 아델리느는 태연하게 일축했다.

“그래요? 작위 따위는 아무래도 좋아요.”

“만일 엘리어스가 여자라면 나는 엘리어스도, 슈라이히 공작가도 처벌해야만 한다.”

지크바르트가 고요한 박력을 내뿜자 아델리느는 어리둥절한 표정으로 되물었다.

“어째서 처벌 따위를 할 필요가 있나요?”

“나를 속였기 때문이다.”

지크바르트가 나직한 목소리로 툭 말하자 로데리히와 빅

토르도 엄격한 표정으로 끄덕였다.

"엘리어스는 지크바르트를 속이지 않았어요. ……어? ……아, 그런 거예요? 그렇지만 엘리어스는 지크바르트를 배신하지 않았어요."

아델리느는 간신히 지크바르트의 의도를 깨달은 모양이었지만 어디까지나 엘리어스를 감싸려고 들었다.

엘리어스의 온몸에 긴장감이 퍼졌지만 알베르에게 이끌려 지크바르트에게 다가갔다.

지크바르트를 필두로 한 로데리히와 빅토르, 크라센 재상 등, 늘어선 대신이나 장군들이 알베르에게 에스코트 받는 엘리어스에게 시선을 멈추었다.

그저 단순하게 엘리어스에게 넋이 나간 사람이 많았지만, 로데리히는 유령을 본 것만 같은 표정을 지으면서 말했다.

"내 첫사랑 상대가 있어."

로데리히의 첫사랑 상대는 뛰어난 미모로 칭송이 자자했던 엘리어스의 어머니였다. 크라센 재상도 엘리어스의 어머니에게 애를 태웠던 모양이었다.

"내가 사랑한 공주님이 계셔. 이름힐데, 황천의 나라에서 되살아났나?"

크라센 재상이 억양 없는 목소리로 말하자 지크바르트가

검에 손을 대었다.

"고모님은 아니지?"

아델리느는 지크바르트의 손을 때리고는 밝은 목소리로 말했다.

"엘리어스죠? 예뻐, 예뻐요. 굉장히 예쁘다고요. 오라버니와 잘 어울려요. 모다브에서도 인기인이 되겠어요."

아델리느의 말에 볼프스베데 황국의 사내들은 눈앞에 나타난 미녀가 엘리어스라는 사실을 깨달았다.

엘리어스의 어머니에게 어렴풋한 사랑을 품었던 로데리히는 '거짓말이지?' 라는 듯한 얼굴로 끔찍하게 얼빠진 표정을 드러냈다.

"……엘리어스? 알베르가 여장을 시켰나? 무슨 여흥이지?"

지크바르트가 진지한 표정으로 말하자 알베르는 품위 있게 미소 지었다.

"지크바르트, 엘리어스는 기사가 아니라 영애입니다. 나의 공주에게 자비를 베풀어주셨으면 합니다."

알베르의 독특한 에둘러 말하기에 지크바르트는 다부진 미간을 찡그렸다.

"아델리느의 환각이 아니었던 건가?"

"아무리 아델리느라도 그런 환각은 보지 않습니다. 고작

해야 오빠로 착각한 다른 나라 왕자에게 와플을 던진 정도지요."

알베르는 빙긋이 미소 지으면서 아델리느의 과거를 입에 담았다. 중요한 거래를 위해 모다브 왕궁을 방문했던 다른 나라의 왕자를 향해, 하필이면 아델리느는 갓 구운 와플을 집어던졌었다.

어느 정도 익숙해졌는지 지크바르트는 아델리느의 과거에 놀라지는 않았다.

"엘리어스가 나를 속였나."

지크바르트는 뱃속부터 쥐어짜내는 것만 같은 목소리로 엘리어스를 잘라냈다. 로데리히와 크라센 재상도 엘리어스에게 비난의 눈길을 보냈다.

'면목 없습니다' 하고 엘리어스는 마음속으로 사죄했다. 속이고 싶어서 속인 게 아니라고, 남자로 태어나고 싶었다고, 정말로 남자로 태어나고 싶었던 것이다, 남자로 살아갈 셈이었다, 라고.

"엘리어스 본인에게는 죄가 없습니다. 가장 큰 죄는 자신의 아내를 몰아세운 선대 슈라이히 공작이겠죠."

알베르는 여성에게 다정한 모다브의 귀공자답게 엘리어스의 어머니를 헐뜯지는 않았다. 대신에 소리 높여 책망하는 이는 엘리어스의 어머니에게 거짓말을 하게 만든 아버지였다.

"사내를 낳지 못하면 첩실이 되라고?"

지크바르트도 엘리어스가 성별을 속인 이유를 눈치챘다.

"볼프스베데 황국에서는 곧잘 있는 이야기겠죠?"

"어쩔 수 없다."

볼프스베데 황국에서 남자의 역할은 전쟁터에서 전과를 올리는 일이고, 여자의 역할은 좋은 후계자를 낳는 일이었다. 후계자를 낳지 못하는 여자는 정실의 책임을 다하지 않은 것으로 보았다.

모다브 왕국에 볼프스베데 같은 남존여비 풍조는 없었다.

"자비 없는 치세는 어지러워집니다."

알베르는 부드러운 미소로 설득하려고 했지만, 지크바르트는 귀를 기울이려고 하지 않았다.

"엘리어스, 나를 속인 녀석은 용서할 수 없다."

지크바르트는 처절한 노기를 내뿜으면서 검을 뽑았다. 아델리느가 막으려고 들었지만 빅토르가 그녀를 가로막았다.

"각오하고 있습니다."

엘리어스가 드레스 차림으로 기사의 예로써 무릎을 꿇으

려고 했지만, 알베르에게 슬며시 제지당하고 말았다.

"지크바르트, 내 비에게 무얼 하는 겁니까?"

"비라고?"

"엘리어스는 내 비로 삼겠소. 미래의 모다브 황비요."

알베르는 지크바르트에게 보란 듯이 엘리어스의 왼손을 들었다. 엘리어스의 왼손 약지에는 알베르가 선물한 국보급 다이아몬드가 빛나고 있었다.

"……아직 왕태자비가 아니다."

'입장상, 봐줄 수는 없다' 라고 지크바르트는 마음속으로 외치고 있는 듯했다.

"이미 내 약혼자요. 그대는 또 내 약혼자를 죽일 셈이오?"

알베르가 콕 과거를 짚어내자 지크바르트는 말문이 막혔다. 그때 엘리어스의 배다른 오빠 요한이 새파래진 얼굴로 다가왔다. 등 뒤에는 모다브 레이스로 머리카락을 묶어 올린 카롤리네가 있었다.

"지크바르트 전하, 저희 일족은 엘리어스가 여자라는 사실을 몰랐습니다. 폐하를 속인 괘씸한 자를 처리하겠습니다. 부디 용서해 주십시오."

요한은 지크바르트를 향해 힘 있게 말하더니 범상치 않은 노기를 품은 눈빛으로 검을 뽑아 들었다.

"엘리어스, 지크바르트 폐하의 치세를 더럽히는 괘씸한 놈! 돌아가신 아버지 대신 처벌하겠다."

요한의 검에서 처절한 원한을 느끼며 엘리어스는 눈을 감았다.

슈라이히 공작가가 살아남으려면 이 길뿐이었다. 엘리어스는 죄인으로서 요한의 손에 처리될 수밖에 없는 것이다.

'이 상황에서 꼴사나운 짓은 하고 싶지 않다. 마지막 정도는 의연하게 떠나자' 하는 생각에 엘리어스는 요한의 검으로 목숨을 끊을 각오를 굳혔다.

알베르는 엘리어스를 보호하려는 듯이 서 있을 뿐이었다.

"오랫동안 우리들을 속여온 너에겐 마지막 기도를 할 자격도 없다."

요한의 검이 엘리어스를 내려치려는 순간, 알베르의 등 뒤에 서 있던 세브란이 검을 뽑았다.

"요한, 내 주군의 약혼자에게 손을 대는 자는 누구라도 용서하지 않겠소."

세브란이 나지막이 위협하자 요한은 업신여기듯이 코웃음을 쳤다.

"모다브의 겁쟁이가 무얼 할 수 있나."

"호오? 모다브의 겁쟁이? 볼프스베데 황국과 우리 모다브는 동맹국이라고 생각했는데? 볼프스베데 황국의 여러분은 우리 모다브 사내를 겁쟁이라고 모욕하는 겁니까?"

세브란은 냉혹한 미소를 띠고는 손에 검을 든 요한에게서 지크바르트에게로 시선을 옮겼다.

말할 것도 없이 요한의 말실수에 지크바르트는 할 말을 잃었고, 로데리히와 크라센 재상은 얼굴을 일그러뜨렸다.

"……아."

조금 전까지 보였던 기세는 어디로 갔는지 요한은 검을 든 채로 굳어버렸다. 지체 없이 세브란은 혀를 차며 이야기하기 시작했다.

"모다브의 겁쟁이입니까? 겁쟁이, 겁쟁이라고요? 확실히 용맹하고 과감한 볼프스베데 황국의 기사 입장에서 보면, 우리 모다브는 겁쟁이일지도 모르겠습니다만, 동맹국에 대해서 너무나도 심한……."

'그것도 볼프스베데 황국과의 무역에 동분서주하고 계신 알베르 전하의 앞에서' 라고 세브란은 애수를 띠고 말했다.

요한은 말할 것도 없고 지크바르트의 입도 굳게 다물어진 상태였다.

"……세브란, 요한의 말실수를 용서해 주시오."

보다 못한 로데리히가 조심스럽게 끼어들었다.

"알베르 전하께서 엘리어스를 비로 맞이한다고 말씀하셨어도 지크바르트 폐하께서 승낙해 주시지 않는 이유가 저희들을 겁쟁이라고 여기시기 때문입니까?"

세브란이 처량한 눈으로 매달리자 로데리히는 허둥지둥 손을 크게 흔들었다.

"당치도 않소. 모다브에는 배워 마땅한 부분이 많이 있소."

"그렇다면 새로운 동맹의 인연으로써 엘리어스를 내 주군의 비로 주십시오. 들어주시지 않는다면 동맹 파기로 보아도 좋겠습니까? 저희들은 웨이스데일 제국보다 볼프스베데 황국과의 인연을 돈독히 하고 싶습니다."

그쪽이 그럴 마음이라면 웨이스데일 제국으로 갈아타겠다는 뜻을 담아 세브란은 모다브 왕국 대표로서 은근히 협박했다.

알베르는 세브란에게 동의한다는 듯 빙긋이 미소 지었다.

"모다브와의 동맹을 파기할 마음은 전혀 없소."

"모다브로서도 아델리느 황비님과 지크바르트 폐하를 헤어지게 만들고 싶지는 않습니다."

세브란은 외교에 능숙한 모다브 왕국의 남자답게 아델리

느와 지크바르트의 이혼 이야기까지 꺼내어 흔들었다.

"아델리느 황비님께서 지크바르트 폐하와 이혼할 일은 없겠지요. 두 분은 서로 깊이 사랑하십니다."

"엘리어스를 모다브의 왕태자비로 맞이하겠습니다. 이의는 없겠지요?"

세브란이 의기양양하게 말하자 로데리히는 지크바르트를 곁눈질로 보았다. 결정하는 사람은 지크바르트였다.

"……윽."

지크바르트가 망연한 표정으로 신음하자, 아델리느가 새빨간 얼굴로 덤벼들었다.

"결혼을 억지로 강요당한다면 출가한다고 하셨던 오라버니께서 결혼을 하겠다고 하세요. 어째서 방해하나요."

"……나를 속였다."

엘리어스를 진심으로 믿은 만큼 충격이 큰 모양이었다. 인간 불신인 지크바르트의 무언가가 작동하고 있었다.

"속였다고요? 그 정도 가지고 뭘요. 저 역시 프랑소와즈나 의사를 잔뜩 속이고는 공부를 빼먹었어요. 엘리어스는 잘못 없어요."

아델리느가 당당하게 왕녀답지 않은 소행을 드러내자, 알베르와 프랑소와즈는 어딘가 아득한 눈빛으로 고개를 끄덕였다.

"네 땡땡이와는 경우가 다르다."

"여자인 게 그렇게 잘못이에요? 만약 저도 여자아이를 낳았다면 첩실로 떨어졌을 건가요? 여자의 어디가 나쁘다는 거죠? 여자라도 데릴사위를 맞이하면 되잖아요. 무엇보다 엘리어스는 제대로 공작의 의무를 다했잖아요. 작위를 잇는 사람이 여자라도 괜찮다고 생각해요."

볼프스베데 황국으로 찾아온 봄의 여신은 폭풍의 여신이기도 했다. 아델리느가 굉장한 기세로 단숨에 떠들어대자 지크바르트는 미간을 손가락으로 비볐다.

"네가 끼어들면 일이 이상한 쪽으로 흘러가."

"무슨 뜻이에요. 지크바르트가 그렇게 나오겠다면 제가 엘리어스의 어머니 자격으로 시집보내겠어요. 엘리어스, 저를 '어머니' 라고 불러요."

아델리느의 엉뚱한 제안에 엘리어스는 당연하게도 할 말을 잃었다. 지크바르트는 뺨을 씰룩거렸고, 로데리히와 빅토르는 말려들지 않기 위해 아델리느에게서 시선을 돌렸다.

지금 이 자리에서 가장 강한 사람은 틀림없이 아델리느였다.

"아델리느 황비님, 저 같은 자를 감싸주셔서 감사합니다."

어머니가 세상을 떠난 후, 엘리어스를 위해서 이렇게까지 필사적으로 힘써준 사람은 없었다. 엘리어스는 아델리느에게 깊이 감사했다.

"엘리어스, 오라버니의 비는 엘리어스뿐이에요. 지크바르트가 무슨 말을 해도 신경 쓰지 말아요. 제가 전부 허락할 테니까요."

아델리느가 커다란 눈물방울을 뚝뚝 흘리면서 외치자, 알베르가 진지한 눈빛으로 지크바르트를 쳐다보았다.

"지크바르트, 나와 아델리느를 적으로 돌릴 정도로 귀공이 어리석지는 않겠죠?"

알베르의 말에 체념했는지 지크바르트는 입가를 가볍게 일그러뜨렸다. 그리고 엘리어스에게 제왕다운 태도로 말했다.

"엘리어스, 내 혈연으로서 모다브의 왕태자에게 시집가라. 로데리히, 준비를 갖추어라."

지크바르트의 한마디로 주변에서 환호성이 끓어올랐다. 엘리어스에 대한 온정에 반대하는 자는 한 사람도 없었다.

엘리어스는 꿈을 꾸는 것만 같은 기분이었다.

8장

지크바르트는 그 자리에서 모다브 국왕에게 파발마를 보냈다. 지크바르트와 알베르의 친서를 읽고서 모다브 국왕은 눈물을 흘리며 기뻐했다고 한다.

아직 정식으로 약혼식도 하지 않았는데, 모다브 국왕은 곧바로 알베르의 약혼을 발표했고 덕분에 모다브 왕국 안은 벌써 축제 분위기였다.

물론 볼프스베데 황국에 있는 황제의 거성 안도 떠들썩했다.

"엘리어스가 여자라는 게 사실인가? 그렇게 강한데 여자일 리 없잖아? 거짓말이라고 해줘."

황제가 주최하는 검술 대회에서 엘리어스에게 졌던 기사들은 이 세상의 종말이 온 듯한 표정으로 탄식했다.

"아아, 나도 거짓말이라고 생각했어. 하지만 나도, 너도 여자에게 진 거라고. 믿고 싶지 않은 사실이지만."

"나는 믿지 않아. 그렇게 강한데 여자라니."

"저도 엘리어스가 여자라고 믿고 싶지 않습니다."

거성 안에서 로데리히는 몇 번이고 힘에 자부심을 가진 기사들에게 엘리어스의 성별에 대한 질문을 받았다고 한다.

"로데리히, 알베르 전하께서는 남색가셨던 거죠? 손을 댄 엘리어스를 모다브로 데려가기 위해 엘리어스에게 여장을 시킨 겁니까?"

엘리어스와 오래전부터 알던 사이인 해군 장교가 진지한 표정으로 그럴싸하게 들리는 소문 이야기를 입에 담았다. 정보 조작이 서투른 볼프스베데 황국의 사내들은 자신의 입에서 입으로 사실을 왜곡했다. 어쨌거나 알베르의 남색 의혹은 아직 사라지지 않고 있었고, 엘리어스의 검술이 너무 강했던 것이었다.

"그런 내막은 없어."

'아무리 그래도 생각이 지나치잖아' 하고 생각하며 로데리히는 자국의 서투른 정보 전달에 새삼스럽게 침울해졌다.

"확실히 아름다운 얼굴을 한 남자였지만, 그게 어디가 여자야? 누구보다도 검을 뽑는 게 빨랐다고."

"엘리어스는 여자다. 지금 생각해 보면 엘리어스는 팔힘에 의지하지 않고 검을 다루어왔어."

'어째서 지금까지 깨닫지 못했나. 어째서 지금까지 눈치채 주지 못했나' 하고 로데리히는 후회했다고 말했다.

"부탁한다, 엘리어스가 남자라고 해줘."

"로데리히, 엘리어스가 남자라고 하지 않으면 귀하에게 결투를 신청하겠다."

하지만 기사들은 아무리 엘리어스가 여자라는 사실을 말해줘도 믿으려 하지 않아서, 로데리히가 고생했던 모양이었다.

고생하는 사람은 로데리히뿐만이 아니었다. 엘리어스는 여성으로서의 행동거지가 익숙하지 않아서 곤란했다.

"엘리어스님, 그렇게 큰 보폭으로 걸으셔서는 안 됩니다."

세브란이 주의를 주자 엘리어스는 앞으로 자빠질 뻔했다.

"……윽!"

"지금까지는 남자처럼 큰 보폭으로 걷기 위해 신경 쓰셨던 거겠지요. 앞으로는 그러실 필요 없습니다."

세브란이 지적한 대로 엘리어스는 남자의 걸음걸이를 관찰하며 필사적으로 흉내 내왔다. 그 결과 지금 현재, 남자의 걸음걸이가 몸에 척하니 배어 있는 상태였다.

"……우우."

다리에 감겨드는 드레스가 성가셨다. 무엇보다 몸에 걸친 호화로운 드레스로 인해 자신의 발치를 볼 수 없었다.

"드레스 자락을 그렇게 호쾌하게 들추지 마시기를."

"……제길."

"엘리어스님, 드레스에 욕지거리 하지 마시지요."

엘리어스가 익숙지 않은 드레스에 분투하고 있노라니 모다브 국왕이 보낸 파발마 편으로 친서와 선물이 도착했다.

로데리히도 지크바르트의 대리인 자격으로 감사 인사를 늘어놓기 위해서 알베르의 앞에 나타났다.

"아바마마께서도 성급하시지. 볼프스베데 황국에서 먼저 결혼식을 올리라고 쓰셨어."

며칠에 걸쳐서 성대하게 축하하는 결혼식은 모다브 왕국에서 거행하면 된다, 하고 알베르가 모다브 국왕의 지시를 읽자 세브란은 눈빛을 빛내면서 크게 끄덕였다.

"괜찮으시겠지요?"

알베르는 우아하게 승낙했지만, 엘리어스는 성급한 세브란의 태도에 곤혹스러웠다.

"내일? 내일이라니 아무리 그래도……."

엘리어스가 드레스를 집어 올린 채 말하자, 세브란은 크게 고개를 내저었다.

"제가 지금까지 얼마나 알베르 전하의 결혼을 기다린 줄 아십니까? 마음 같아서는 지금 당장 결혼식을 거행하고 싶습니다. 어제라도 결혼하셨으면 했습니다. 모다브에 계신 국왕 폐하께서도 같은 마음이시겠지요."

세브란이 여러 해 동안 쌓인 울분을 흘리자, 로데리히가 기묘한 표정으로 동의했다.

"세브란, 그 기분은 잘 아오. 지크바르트 폐하께서도 좀처럼 다섯 번째 황비를 맞이하지 않으셨지."

후계자가 없는 황제를 섬기는 신하의 고뇌는 이루 헤아릴 수 없다. 덤으로 지크바르트는 언제 암살당해도 이상하지 않았다. 휘황찬란한 모다브에서도 독살은 드문 이야기가 아니었다.

"내일 해도 괜찮겠지요? 볼프스베데 황국의 관습에 따라 간결하게 해도 상관없습니다."

이게 어디가 결혼식인가 하는 마음에 아델리느는 지크바르트와의 결혼식을 치르며 경악했다고 한다. 모다브 왕국의 성대한 결혼식과는 비교할 수도 없었다.

“아델리느 황비님과 지크바르트 폐하의 결혼식에 대해서 말씀하시는 것이라면, 그건 예외 중의 예외입니다.”

오해하지 말라고, 그렇게까지 야만스러운 나라는 아니라고, 로데리히는 손을 크게 내저었다.

“예외 중의 예외라도 상관없습니다. 한시라도 빨리 알베르 전하를 결혼시키고 싶습니다. 전하가 결혼하실 때까지는 마음 놓고 잘 수도 없습니다.”

세브란이 심상치 않은 고뇌와 비애를 뿜어내자, 로데리히는 그에 압도당한 채로 지크바르트의 허락을 받아 내일 열릴 결혼식 준비를 시작했다.

갑자기 거성 안은 소란스러워졌다.

“세브란, 나는 아직 왕태자비는커녕 여성으로서의 매너도 모릅니다. 조금 더 기다려 주십시오.”

엘리어스가 비통한 표정으로 호소했지만 세브란의 비장함은 대단했다.

“엘리어스님, 설마 알베르 전하에게서 도망치실 셈입니까?”

하늘과 땅이 뒤집혀도 알베르에게서 도망칠 마음은 없었다. 알베르가 없었다면 엘리어스의 목숨은 없었을 터이기에.

"그럴 마음은 없습니다."

"여성의 매너 따위 몰라도 괜찮습니다. 아델리느 황비님처럼 군것질을 하셔도 상관없으니까요."

엘리어스가 말문이 막히자 모다브제 호화로운 드레스와 소품이 날라져 왔다. 볼프스베데 황국에 있는 모다브 상인이 보내온 축하 물품이었다. 곧이어 아델리느가 주문한 신부 의상과 티아라도 도착해서 엘리어스의 방에 다 들여놓을 수 없을 정도가 되고 말았다. 복도에까지 여러 가지 물건을 늘어놓을 정도였다.

"엘리어스, 아바마마께서 선물해 주신 드레스가 마음에 들지 않아?"

알베르가 조용히 묻자 엘리어스는 표정이 굳어졌다.

"……터, 터무니없습니다."

"그대는 눈동자와 같은 색의 드레스가 잘 어울려."

알베르는 즐겁다는 듯이 엘리어스의 의상에 대해서 시종들과 이야기를 꺼내었다. 정작 본인인 엘리어스는 꾸어다 놓은 보릿자루였다. 아니, 드레스나 보석에 대해서 물어보아도 문외한인 엘리어스는 대답할 도리가 없었다.

'여자란 이렇게나 큰일인 건가' 하고 생각하며 엘리어스는 눈앞에 즐비하게 늘어선 화장품과 보석을 바라보았다.

알베르가 결혼식 드레스와 보석을 정했을 때, 얌전해 보이는 시녀가 모다브 맥주와 모다브 초콜릿을 날라 왔다. 잘은 모르지만 아델리느가 엘리어스를 위해 챙겨준 것이라 했다.

"엘리어스님, 드시지요."

얌전해 보이는 시녀가 모다브 맥주를 권하자, 엘리어스가 유리잔에 입을 대려고 했다.

그러나 알베르의 손이 유리잔을 가로채고 말았다.

"그대, 아델리느의 시녀인가?"

알베르는 유리잔을 손에 든 채 얌전해 보이는 시녀를 향해서 빙긋 미소 지었다.

"예."

"언제부터 아델리느를 섬겼지?"

"황태자님께서 탄생하신 후부터 아델리느 황비님을 섬기게 되었습니다."

애당초 아델리느의 시녀는 모다브 왕국에서 데려온 여성뿐이었다. 하지만 아델리느의 회임과 출산에 따라 볼프스베데 황국 출신의 시녀가 늘게 되었다. 황태자가 탄생하면서 후견인인 로데리히와 관계있는 시녀도 더해졌다.

"로데리히의 추천인가?"

"그렇습니다."

"이 경사스러운 날, 그대에게도 아델리느의 마음을 베

풀지."

알베르는 손에 들고 있던 유리잔을 얌전해 보이는 시녀에게 권했다. 마시라고 명령하는 것이었다.

"황송한 일입니다."

얌전해 보이는 시녀는 송구스러워하며 알베르에게서 유리잔을 받아 들려고 하지 않았다. 세브란이 문 앞에 모다브 왕국의 기사들을 방패처럼 세웠다.

알베르와 세브란의 태도를 통해 엘리어스도 이변을 눈치챘다. 아마도 이 모다브 맥주에 독극물이 섞여 있는 것이리라. 범인은 누구인가? 웨이스데일 제국의 관계자인가. 엘리어스는 얌전해 보이는 시녀를 응시했다.

"그대, 아델리느와 내 마음을 거부한다고 말하는 건가?"

알베르의 어조도, 행동도 모두 품위 있었지만 눈은 무서운 빛을 뿜고 있었다.

"당치도 않습니다."

얌전해 보이는 시녀는 새파랗게 질린 얼굴로 알베르에게서 잔을 받아 들었다. 부들부들 떠는 손은 금방이라도 유리잔을 떨어뜨릴 것만 같았다.

"그렇게 떨어서야 유리잔을 떨어뜨리고 말겠어."

알베르는 한 호흡 쉬고서 딱 잘라 추궁했다.

"아니, 그게 방편인가?"

"무슨 말씀이신지요?"

"어디에서 보내온 자인지 정직하게 말하면 선처하겠다. 그대는 이용당했을 뿐이니까."

알베르가 자애로 가득 찬 미소를 띠고 말을 걸자 얌전해 보이는 시녀는 눈물을 뚝 흘렸다.

"……죄, 죄송합니다. 어머니가 병에 걸리셔서 돈이 필요했습니다."

얌전해 보이는 시녀는 바닥에 주저앉더니 큰 소리로 울음을 터뜨렸다.

지크바르트나 로데리히 등 볼프스베데 황국의 혈기왕성한 사내라면 독극물이라고 깨달은 시점에서 검을 뽑았을 것이다. 그리고 무력을 써서 시녀의 입을 열었으리라. 하지만 알베르는 검을 뽑지 않고, 귀공자다운 태도를 유지한 채 시녀를 자백시켰다.

우아한 알베르의 능력을 눈으로 직접 보고 엘리어스는 숨을 삼켰다. 이런 방식이 있었나 하고. 힘으로 굴복시키는 것보다 나을지도 모른다고. 힘과 힘의 충돌은 새로운 힘과 힘의 충돌을 불러일으킬 우려가 있다고.

"누구에게 부탁받았지?"

"윽…… 흑…… 죄송합니다."

의뢰인에게 은혜라도 입었는지 협박을 받았는지 분명하

지는 않지만, 얌전해 보이는 시녀는 배후를 밝히려 하지 않았다.

“말할 수 없는 건가?”

“……죄송합니다.”

“맞춰볼까?”

알베르가 모든 것을 꿰뚫어볼 것만 같은 눈으로 바라보자, 얌전해 보이는 시녀는 체념했는지 주의를 기울이지 않으면 들을 수 없는 작은 목소리로 말을 툭 흘렸다.

“……로데리히님이십니다.”

얌전해 보이는 시녀의 입에서 나온 이름을 듣고 엘리어스는 정신이 아득해졌지만, 알베르는 태연했다.

“로데리히가 내 약혼자를 저세상 사람으로 만들려고 할 줄이야……. 사람 마음은 모르는 일이군.”

그대도 괴로웠겠지, 하고 알베르는 얌전해 보이는 시녀의 손을 잡고 다정하게 다독였다. 그리고 평생 놀고먹을 수 있을 만큼의 금화를 주고는 그녀를 풀어주었다.

알베르와 세브란이 사람을 물린 뒤, 엘리어스는 극도의 인간 불신에 빠졌다.

“엘리어스, 그런 표정을 하다니 왜 그러지?”

알베르가 어깨를 끌어안자, 엘리어스는 몸의 긴장을 풀었다.

"……로데리히가 설마, 로데리히가……. 설마…… 어째서……. 저를 용서할 수 없었던 걸까요? 지크바르트 폐하를 속였다는 사실은 확실하니까요."

엘리어스가 중얼중얼 말을 내뱉자 알베르는 긴 속눈썹을 드리운 눈동자를 크게 흔들었다.

"그대, 아까 전에 시녀가 한 말을 믿은 건가?"

"……네? 시녀는 로데리히에게 제 독살을 의뢰받았다고 했잖습니까? 믿고 싶지는 않습니다……. 로데리히를 믿습니다만, 어쩔 수 없는 사정이 있었던 것일까요?"

로데리히가 일부러 시녀를 이용해 독살을 하려고 할 줄은 꿈에도 생각지 못했다. 엘리어스는 자신의 무거운 죄를 새삼스럽게 곱씹었다.

"로데리히의 유모와 연고가 있는 사람임은 틀림없어. 다만 로데리히의 밀명은 받지 않았어."

알베르는 얌전해 보이는 시녀가 한 거짓말을 그 자리에서 꿰뚫어보았다. 화려한 이매망량이 설치는 모다브 왕궁에서 나고 자라온 왕태자가 지닌 눈썰미였다.

"……그렇다면 누가?"

엘리어스가 눈빛을 흐리자 알베르는 아무렇지도 않은 일인 양 시원스럽게 말했다.

"입을 열지 않으면 놓아주면 돼. 머지않아 그녀에게 밀명을 내린 사람 쪽에서 접촉하겠지.”

알베르는 얌전해 보이는 시녀를 풀어놓고 흑막을 밝혀낼 셈인 듯했다. 이미 세브란이 미행을 붙인 모양이었다.

“웨이스데일 제국에서 보내온 자객입니까?”

며칠 전, 웨이스데일 제국에서 알베르에게 자객을 보냈다는 소문을 들었다. 웨이스데일 제국의 왕녀를 거절하고 볼프스베데 황국의 엘리어스와 결혼한다 하니 얼마나 분개하고 있을지 알 수 없었다. 뛰어난 실력을 지닌 자객이 일개 소대로 몰려 들어와도 이상하지는 않았다.

“웨이스데일 제국의 자객이라면 조금 더 제대로 된 수를 생각하겠지. 비전문가일 거야.”

알베르는 서투른 수법으로 비추어 보아 웨이스데일 제국은 아닐 것이라 생각하는 모양이었다. 흑막은 비전문가라고 밝혀 말했다.

“비전문가?”

“나에게는 적이 많아. 고생하게 만들어서 미안해.”

알베르가 손을 잡자 엘리어스는 곤혹스러웠다. 아니, 알베르가 손을 잡기만 해도 가슴이 크게 뛰는 자신의 모습에 당황했다.

“……아니요.”

“엘리어스, 왜 그러지?”

엘리어스의 손에 알베르가 키스하려고 했다. 그러나 엘리어스는 무시무시한 기세로 손을 빼내었다.

"……심장에 나빠요."

엘리어스가 새빨간 얼굴로 말하자 알베르는 눈을 휘둥그레 떴다.

"……엘리어스?"

지금까지 알베르가 손을 잡았을 때 거절한 여성은 없으리라. 처음 당한 경험에 동요한 모양이었다.

"……그, 심장이 굉장히…… 심장이 쑤신다고 해야 하나……. 무언가 나쁜 병에 걸렸는지도 모릅니다……. 지금까지는 상태가 나빠도 의사에게 진찰 받아본 적은 없었습니다만…… 그……."

엘리어스의 횡설수설한 말에 알베르는 만족스럽게 미소지었다. 그리고 엘리어스를 다정하게 끌어안았다.

"엘리어스, 그건 병이 아니야."

알베르는 가볍게 미소 지으며 엘리어스의 뺨에 키스를 했다.

"……읏."

뺨에 하는 키스만으로 엘리어스의 심장박동이 빨라졌고, 그런 계절도 아닌데 뺨이 달아올랐다. 아무리 생각해도 이상했다.

"나를 사랑하는 거겠지."

엘리어스의 이상 증세는 알베르를 너무 의식해서 일어나는 것인 모양이었다. 지금까지 아무런 면역도 없었던 만큼 더욱 심한 것이었다.

"……윽."

"지금까지 잘도 여성이라는 사실을 들키지 않았군."

지크바르트나 로데리히나 빅토르 등, 나무랄 데 없는 미청년의 곁에 다가가도 엘리어스의 마음은 잔물결조차 일지 않았었다. '이런 증상이 서적에 적혀 있던 사랑인가' 하고 생각하며 엘리어스는 높게 뛰는 가슴을 억눌렀다.

풋풋한 엘리어스의 반응에 알베르는 기쁘다는 듯이 입이 헤벌쭉해졌다. 세상을 떠난 약혼자에게 말을 걸던 알베르와는 전혀 다른 표정이었다.

*　　　*　　　*

알베르와 엘리어스가 저녁 식사를 마치자, 세브란이 로데리히와 함께 나타났다. 그리고 낮에 엘리어스를 암살하려고 했던 흑막을 알게 되었다. 세상을 떠난 아버지의 애첩이었던 헤르미네였다.

"……헤르미네? 헤르미네가 저를 죽이려고 했습니까?"

엘리어스는 경악한 나머지 들고 있던 유리잔을 떨어뜨릴 뻔했지만, 알베르는 전혀 동요하지 않고 흘려 넘겼다.

"예, 아까 전에 헤르미네가 풀어주었던 시녀와 접촉했습니다. 독살에 실패했다는 사실을 알고 시녀를 처리하려고 하기에 구해주었습니다."

세브란이 사무적인 말투로 보고하자 로데리히가 험악한 표정으로 맞장구를 쳤다. 그는 헤르미네의 거친 수법에 곤혹스러워하는 기색이었다. 하물며 자신의 이름을 이용했으니 분노도 컸다.

"어째서 헤르미네가 제 목숨을 노리죠? 슈라이히 공작의 자리는 요한이 잇기로 되었잖습니까?"

본래대로라면 슈라이히 공작가는 몰수당해야 했지만, 지크바르트의 온정으로 요한이 작위를 잇게 되었다. 헤르미네가 꿈에도 그리던 슈라이히 공작의 자리였다.

"헤르미네는 모다브 왕국 왕태자비의 자리도 욕심내는 모양입니다."

세브란이 헤르미네의 야망을 입에 담자 로데리히는 기가 막히다는 듯이 코웃음을 쳤다.

"저를 독살하고 카롤리네를 알베르 전하의 비로 삼으려고?"

현재 엘리어스는 알베르에게 애태우는 숙녀들의 원한을

한 몸에 사고 있는 처지였다. 실제로 알베르의 신부 후보에 이름을 올렸던 영애들은 처절한 증오를 보냈다.

남자보다 여자 쪽이 훨씬 음험하고 무섭다는 사실을 엘리어스는 뼈저리게 느꼈다. 너저분한 남자들 사이에 들어와 있는 편이 더 편했다.

"엘리어스님을 독살해도 카롤리네가 모다브의 왕태자비가 되는 일은 없겠지요. 헤르미네는 어째서 그런 사실을 모르는 걸까요?"

세브란이 지긋지긋하다는 듯이 헤르미네의 경솔한 행동을 비난했다.

"헤르미네는 죄를 인정했습니까?

"인정하지 않았습니다. 모든 죄를 시녀에게 떠넘겼습니다."

헤르미네는 유들유들하게 거짓말만 하고 있다고 한다. 이대로라면 헤르미네는 온갖 연줄과 인맥을 써서 예의 얌전해 보이는 시녀를 엘리어스 독살범으로 꾸며내리라.

"헤르미네가 용서받을 수는 없겠습니까?"

엘리어스 역시 알베르의 목숨을 노렸다면 결단코 용서하지 않았으리라.

"자신이 암살당할 뻔했는데 용서하시는 겁니까?"

"헤르미네가 불행한 원인은 저와 제 어머니인지도 모릅

니다."

하지만 헤르미네의 입장에 서서 보면 지극히 부조리한 일의 연속이었을 터였다. 이번 엘리어스의 결혼 역시 그랬다.

"지크바르트 폐하께서 역정을 내실 겁니다."

지크바르트가 불같이 화를 내면 헤르미네는 해명할 여지도 없이 극형에 처해질 것이다. 엘리어스는 매달리는 눈빛으로 알베르를 바라보았다. 구해주었으면 한다고.

"내일은 나와 엘리어스의 결혼식이지? 피로 물들여서는 안 되지."

알베르는 엘리어스의 뜻을 존중해서 헤르미네의 극형에 이의를 제기했다. 결혼식 날에 신부와 관계있는 사람의 형이 집행되는 일은 불길했다.

그렇다고는 해도 볼프스베데 황국의 피비린내 나는 역사 속에서는 몇 번이고 반복되고 있었지만.

"어쩌라는 말씀입니까?"

세브란이 로데리히와 시선을 나누며 알베르의 판단을 청했다.

"새로운 슈라이히 공작의 손에 맡기겠어."

알베르는 느긋하게 미소 지으며, 엘리어스의 배다른 오빠인 요한을 지목했다.

어머니가 엘리어스를 독살하려고 했다는 사실을 알면 요한은 어찌할까. 헤르미네처럼 시녀에게 죄를 떠넘기리라고는 생각할 수 없었다. 시녀가 이용당했을 뿐이라는 사실을 명확하게 알기 때문이다.

어쩌면 알베르는 가장 잔혹한 처벌을 내렸는지도 몰랐다.

"명을 받들겠습니다."

세브란은 공손하게 인사를 하고, 로데리히는 감탄한 듯이 숨을 내뱉었다.

"과연."

알베르의 싸움 방식은 지크바르트와는 전혀 달랐지만 여러 가지 의미에서 무서울지도 몰랐다.

"엘리어스, 그대를 죽이려고 한 자는 용서하지 않아."

알베르가 엘리어스를 바라보면서 말하자 세브란과 로데리히도 동의한다는 듯이 끄덕였다.

'이런 게 보호받는다는 것인가' 하고 생각하며 엘리어스는 자신의 입장을 실감했다.

9장

다음날 황제의 거성 한 귀퉁이에 있는 예배당에서 엘리어스와 알베르의 결혼식이 거행되었다.

갑작스러운 이야기였지만 지크바르트나 크라센 재상, 각 대신들과 모다브 왕국 관계자 등이 빠짐없이 참석했다.

"엘리어스는 도대체 지금까지 어떻게 해서 남자라고 속여 왔지?"

"지금까지 이렇게 아름다운 신부를 본 기억이 없어."

순백의 신부 의상을 몸에 걸친 엘리어스는 참석한 사람들의 한숨을 불러일으켰다. 지크바르트와 로데리히조차 열게 화장을 한 엘리어스의 미모에 깜짝 놀랐다.

"지크바르트, 어째서 엘리어스에게 넋이 나간 거예요. 지크바르트가 넋이 나가도 좋은 사람은 저뿐이에요."

아델리느가 질투심을 터뜨렸지만 지크바르트의 손을 꼬집는 선에서 그쳤다. 황비로서의 이성이 발휘된 것이 아니라, 엘리어스가 너무나 아름다워서 넋이 나가도 어쩔 수 없다는 사실을 이해했기 때문이었다.

"아까운 짓을 했나."

혼잣말처럼 툭 말을 흘린 로데리히에게서는 심상치 않은 비애가 감돌았다. 첫사랑 상대였던 엘리어스의 어머니를 떠올린 것이리라.

엘리어스는 너무 긴장해서 전혀 주변이 보이지 않을 정도였다. 알베르의 팔이 없었다면 엘리어스는 걷지도 못했으리라.

반지 교환도 맹세의 키스도, 엘리어스는 인형처럼 굳어버린 채라 알베르가 슬그머니 도와주었다.

이렇다 할 문제없이 결혼식을 마친 후, 세브란이 감격에 흐느끼자 다른 측근들도 울기 시작했다.

"오라버니, 잘도 기다리게 하셨군요. 이렇게 기다리게 만드셨으니 꼭 행복해지셔야 용서할 수 있겠어요."

아델리느도 눈이 새빨개져서 늦은 결혼식을 올린 오빠를

축복했다. 지크바르트가 축복의 선서를 하자 거성 안은 축하 분위기로 가득 찼다.

"알베르 전하, 엘리어스 비전하, 성혼 축하드립니다."

로데리히가 공손하게 축복했지만 엘리어스의 머릿속은 새하얀 상태였다. 비전하라는 칭호에도 전혀 반응할 수 없었다.

"순진한 비전하이십니다."

"알베르 전하께서는 멋진 비전하를 맞이하셨군요."

"왕태자비 덕분에 모다브는 이제 평안할 것입니다."

참석했던 모다브 왕국의 귀족들은 엘리어스의 태도에 헤벌쭉해졌다. 모다브 왕국의 어딘가 거만해 보이는 귀부인에 익숙해진 그들에게는 엘리어스가 순진한 왕태자비로 비치는 것이었다.

무엇보다 엘리어스를 바라보는 알베르의 시선이 다정했기에 누구나 안심해서 가슴을 쓸어내렸다.

고독한 왕태자에게 사랑할 수 있는 여성이 나타나서 다행이라고.

* * *

그날 밤, 엘리어스는 새하얀 잠옷 차림으로 침대에 올라 알베르와 조용히 시선을 나누었다. 모다브제의 달콤한 향수가 떠도는 침실에는 부부가 된 두 사람뿐이었다.

"엘리어스. 그대는 내 아내가 되었어."

알베르가 똑바로 쳐다보자 엘리어스의 뺨이 살며시 물들었다.

"예."

'이렇게 우아한 왕태자가 남편이 되었나' 하는 생각에 엘리어스는 지금도 믿을 수 없는 기분으로 가득했다. 알베르와의 만남도 결혼도 모두 꿈이었다는 말과 함께 유폐된 고성으로 옮겨진다 해도 놀라지 않으리라.

"내가 내 아내를 만져도 상관없겠지?"

엘리어스의 심장의 고동이 빨라져서 안절부절못하게 되었지만, 침대에서 내려가야겠다는 생각은 들지 않았다.

"예."

"무얼 할지 알고 있어?"

엘리어스는 귀족의 자녀로서 교육은 받지 않았어도 알베르가 하는 질문의 의미는 이해할 수 있었다. '남자는 어째서 그렇게 여자의 몸을 좋아할까' 하고 엘리어스는 의문을 품은 적이 있었다. 어쨌거나 남자가 여럿이 모이면 화제는 여자가 된다. 성실한 남자 두 명이 모인 자리일지라도 화제에 여자가 오른다. 부부가 된 남녀가 첫날밤에 하는 행위는 귀를 기울이지 않아도 들려왔다. 사내들 사이에서는 감탄할 만큼 여자 이야기가 끊이지 않았다.

"예. 알고 있습니다. 한 번도 경험해 본 적은 없지만, 이야기로는 들었습니다."

엘리어스는 결사적인 각오로 알베르를 쓰러뜨렸다.

"엘리어스?"

하얀 시트의 파도에 잠긴 우아한 왕태자는 깜짝 놀라서 금갈색 눈동자를 크게 흔들었다. 버둥대는 기색은 없었다.

"자신은 없지만 열심히 하겠습니다."

설마 자신이 결혼하리라고는 꿈에도 상상하지 않았기에 남자들이 말하는 성행위에 관한 이야기에 진지하게 귀 기울이지 않았었지만, 어느 정도의 흐름은 기억했다. 분명히 일단은 상대방을 부드럽게 시트의 파도에 잠기게 하는 것이었다.

"……그대."

드물게 알베르의 목소리에 동요가 어렸다.

"예? 움직이지 마십시오."

엘리어스는 알베르의 움직임을 막으려는 듯이 몸을 겹쳤다. 자신은 육군의 거친 소대장처럼 싫어하는 여성을 때리지는 않는다. 경험이 풍부한 근위병처럼 여성이 버둥거리지 않게끔 대하면 그만이다.

"엘리어스, 다시 한 번 확인하겠어. 무엇을 할지 알고 있는 거야?"

알베르가 심각한 표정으로 묻자 엘리어스는 진지한 눈빛으로 대답했다.

"예. 이야기로는 들었습니다."

지크바르트나 빅토르의 입에서 성행위에 대한 이야기를 들은 기억은 없었지만, 배다른 오빠나 외무대신에게서는 몇 번인가 들었다. 성실해 보이는 로데리히도 몇 번인가 얼떨결에 여자 이야기를 흘린 적이 있었다.

"잠자리 이야기는 누구에게 들었어?"

"황제께서 주최하시는 검술 대회에 출전했을 때, 다른 참가자들은 모였다 하면 여자 이야기를 했습니다. 황제 직속의 친위대도 근위병도 해군병도 육군병도, 모이기만 하면 여자 이야기를 합니다. 여자를 위로하는 기술도, 여자를 녹이는 기술도 들었습니다. ……그렇지만 실전 경험은 한 번도 없습니다. 창관에 같이 가자고 권해도 이유를 대고는 거절했습니다."

엘리어스는 한 호흡 쉬고 나서, 감정을 실어서 알베르에게 사과했다.

"서투르겠지만 용서해 주십시오."

엘리어스는 전쟁터에 임하는 듯한 눈빛으로 알베르의 잠

옷을 벗기려 들었다. 그랬다, 일단 상대방이 몸에 걸친 것을 모두 벗겨야만 했다. 상대가 부끄러워하며 거절해도 밀어붙여야 했다. 성실한 국경 경비병은 수줍어하는 상대방의 태도에 허둥대다 비참한 결말을 맞이했다고 말했다. '상대방이 아무리 싫어해도 억지로 벗겨라. 힘으로 억눌러라. 여자는 부끄러워하게 마련이다' 라고, 여자를 좋아하는 해군병은 힘주어 말했다.

"그대, 자신이 여성이라는 사실을 잊지는 않았어?"

알베르는 즐겁다는 듯이 목구멍 안으로 웃음을 삼켰지만, 엘리어스는 이해할 수 없었다.

"……네?"

"그대는 남자 쪽 이야기를 남자로서 들은 모양이야."

'남편은 그대가 아니라 나라고' 하고 말하며 알베르는 아름다운 눈을 가늘게 떴다. 비할 데 없는 색기가 떠돌았다.

"……아."

남편은 알베르이고 아내는 자신.

간신히 자신의 착각을 깨닫고는 엘리어스에게서 핏기가 가셨다. 실수로라도 아내인 자신이 남편을 덮쳐서는 안 될 일이었다.

"그대는 항상 나를 놀라게 해."

어지간히 경악했는지 알베르의 유리구슬같이 아름다운 눈이 줄곧 흔들리고 있었다.

"……죄, 죄송합니다."

엘리어스가 침통한 표정으로 사죄하자 알베르는 살며시 미소 지었다. 기분이 상한 기색은 없었다.

"아내는 그대야."

"그렇다면 저는 어떻게 하면 됩니까?"

엘리어스는 알베르에게 몸을 실은 채 물었다. 더 이상 앞으로 어찌하면 좋을지 몰랐기 때문이었다.

"남자 쪽 이야기를 들었잖아? 어떤 여성 이야기를 들었어?"

알베르가 흥미진진하다는 기색으로 바라보자, 엘리어스는 남자들의 천박한 화제를 떠올렸다.

"……가만히 있는 여성의 이야기."

언제였는지 규중 영애를 감쪽같이 손에 넣은 해군 병사가 침대 안에서도 인형처럼 굳어 있는 영애의 모습을 이야기했었다. 시골구석에서 초대받은 대 슈베르니 왕국전 승리의 연회날 밤, 거나하게 취한 외무대신의 비서관도 비슷한 이야기를 했던 터였다.

"그뿐인가?"

"싫어하는 여성의 이야기."

거부하는 여성을 폭력을 써서 굴복시켰던 남자의 이야기에 엘리어스는 혐오감을 품었었다. 엘리어스가 여성이기 때문인지도 몰랐다.

"그밖에는?"

"솜씨 좋은 창부의 이야기."

'죄송합니다. 제게 그런 기술은 없습니다' 라고 엘리어스는 진지한 표정으로 알베르에게 사죄했다. 손과 입으로 남성을 어떻게 기쁘게 할 수 있는지 엘리어스는 짐작도 가지 않았다.

"그대는 창부가 아니야. 걱정하지 마."

'머릿속을 들여다보고 싶다' 라는 뜻을 알베르의 눈빛은 대놓고 드러내고 있었다.

"……예. 감사합니다."

알베르가 온화한 말투로 말하나 싶더니 몸을 뒤집었다. 이번에는 엘리어스가 시트의 파도에 잠겨 알베르를 올려다보는 형태가 되었다.

알베르의 몸은 옷으로 가려져 있었지만 보기보다 근육이 붙어 있어서 엘리어스는 적지 않게 놀랐다. 온실 속 품위 있는 왕태자이기에 좀 더 호리호리하리라고 굳게 믿었던 것이었다.

"볼프스베데 황국의 사내들이 그대에게 어떤 여성의 이

야기를 했는지 자세히 말해봐."

알베르의 몸무게가 그녀를 눌러와 무어라 말할 수 없이 답답했다. 보다 정확히 말하자면, 무거워서 숨이 막히는 것은 아니었다.

"미망인의 이야기."

남작가 미망인과 불장난을 즐기던 근위병은 그 음란한 추태에 푹 빠졌다고 했다.

'핥아줘요' 라고 말하며 미망인이 스스로 다리를 대담하게 벌렸을 때, 근위병은 최고로 흥분했다는 모양이었다.

"미망인은 잠자리에서 어떤 식으로 행동했지?"

도저히 음탕한 미망인의 추태를 품위 있는 알베르에게 밝힐 수 없었다. 엘리어스는 필사적으로 그 화제에서 벗어나려고 했다.

"……아, 그…… 그게……. 슈라이히가 영지에는 호밀빵을 잘 만드는 노인이 있습니다만……."

당연할지도 모르지만 알베르는 솜씨 좋은 호밀빵 장인의 이야기에 흥미를 보여주지 않았다.

"미망인은 살결을 드러냈겠지."

알베르가 잠옷을 벗기려 들자 엘리어스는 반사적으로 그를 때리려 했다.

"……파렴치한."

알베르의 하얀 뺨에 주먹이 닿은 순간, 엘리어스는 가까스로 제정신을 차렸다. 남편이 된 왕태자에게 손을 대서는 안 되었다.

'큰일이다' 하고 엘리어스는 스스로 자신을 질책했다.

"엘리어스, 내게는 그대의 살결을 볼 권리가 있어."

알베르는 엘리어스가 내지를 뻔했던 주먹에 곤혹스러웠던 모양이었다. 희미하게 주변의 분위기가 흐트러졌다.

"보셔도 시시할 겁니다."

음탕한 남작가의 미망인도, 미모로 이름 높은 자작가의 미망인도, 귀여운 하녀도, 후원자를 잃은 애인도, 인기 놓은 창부도, 약속처럼 모두 풍만한 몸매를 지니고 있었다. 남자들은 여성의 포동포동한 가슴이나 엉덩이 이야기에 흥분하곤 했다.

알베르를 앞에 둔 엘리어스는 태어나서 처음으로 커다란 가슴을 가지고 싶다고 생각했다.

"나에게 보여주지 않을 셈이야?"

알베르가 뜨거운 눈으로 응시하자, 엘리어스는 심장이 떨렸다. 이런 눈빛을 한 알베르를 본 적은 한 번도 없었다.

"……기대하지 마십시오."

엘리어스가 목까지 새빨개져서 시선을 피하자 알베르는 꽃망울이 터진 듯이 미소 지었다.

"풋풋해서 사랑스러워."

"……알베르 전하."

알베르의 손에 의해 하얀 잠옷을 빼앗기자 엘리어스의 몸을 가리는 것은 무엇 하나 없었다. 엘리어스는 일찍이 없었던 수치심에 시달렸다.

"엘리어스, 예뻐."

알베르가 바라보는 살결이 달아올라 엘리어스는 안절부절못했다.

"……그……."

'그렇게 보지 마십시오' 라고 엘리어스는 마음속으로 알베르에게 애원했다.

"기대 이상이야."

알베르의 목소리에 색기가 섞여들자 엘리어스의 심장박동이 빨라졌다. 도저히 그를 똑바로 바라볼 수 없었다.

"……읏."

"내 눈을 봐."

알베르와 시선을 맞추자 더욱더 엘리어스의 심장이 위태로워졌다. 당장에라도 침대에서 내려가고 싶어졌지만 희미하게 남아 있던 이성으로 버텼다.

"……하."

"사랑해."

알베르의 품위 있는 입술에서 새어 나온 사랑의 말에 엘리어스의 눈물샘이 약해졌다. 커다란 눈물방울이 툭 떨어졌다.

"……아…… 아……."

지금까지 남성에게서 한 번도 들어본 적 없었던 말이었다. 지금까지 듣고 싶다는 생각조차 한 적이 없었다.

"그대는?"

알베르가 사랑의 말을 바라는 것에 엘리어스는 답하려고 했다.

"……저, 저, 저, 저, 저, 도……."

'저도 사랑합니다' 라고 입에 담고 싶었지만 혀가 굳어서 잘 말할 수 없었다.

"평생 내 마음은 변치 않을 거야."

알베르가 일생의 사랑을 맹세하자 엘리어스의 새빨간 눈에서 폭포수 같은 눈물이 계속해서 흘러내렸다.

"……저, 저, 저, 저, 저, 저…… 저저저…… 저…… 저…… 도……."

"나를 믿고 따라와 주었으면 해."

'어디든지 따라가겠다' 라고 엘리어스는 입에 담을 셈이었지만, 인간이라고는 생각할 수도 없는 목소리를 내고 말았다.

"……끄하앗."

백년의 사랑도 깨질 것만 같은 목소리를 들어도 알베르의 태도는 변하지 않았다.

"사랑스러워."

알베르가 가슴의 돌기를 집자 엘리어스의 몸에 충격이 퍼졌다.

"……윽."

"그대는 어디든지 사랑스러워."

알베르의 입술이 목덜미를 더듬더니 엘리어스의 쇄골을 헤매었다. 손으로 가슴의 돌기를 만지작거리는 것에 엘리어스의 다리가 부들부들 떨렸다.

"……그만, 그만두십시오."

알베르의 입술과 손으로 만지는 곳이 뜨거워서 견딜 수가 없었다. 엘리어스는 식은땀을 흘리면서 부탁했다.

"그대는 이렇게 무자비한 여성이었나."

"……우."

"아내가 되었으니 남편을 거절해서는 안 돼."

알베르의 손에 의해 양쪽 가슴의 돌기가 아플 정도로 바짝 서자 엘리어스는 머릿속이 멍해졌다.

"……그."

"나를 거절하지 마."

평소와는 다르게 알베르의 목소리가 나지막하게 들린다고 생각하고 있자, 그가 좌우의 다리를 들어 올리더니 크게 벌렸다. 엘리어스는 자신의 기가 막힌 자세 때문에 얼굴에서 불이 났다.

"……그, 그만둬."

지독한 수치심에 엘리어스는 알베르를 힘껏 후려쳤다.

"……엘리어스, 그대는 누구의 아내지?"

알베르가 매서운 눈으로 탓하자, 엘리어스는 제정신으로 돌아왔다. 확실히 남작가 미망인이나 자작가 미망인은 스스로 크게 다리를 벌렸을 터였다. 남자가 기뻐할 것이란 사실을 알았기 때문이리라.

"죄송합니다."

엘리어스가 얌전히 사과하자 알베르는 빙긋 미소 지었다.

"내게 맡겨."

알베르가 손으로 좌우의 다리를 벌리자 결코 보이고 싶지 않은 부분이 드러났다.

"……읏."

알베르가 물끄러미 응시하자 음란한 부분이 이상해졌다. 자신의 몸이 남의 몸인 것만 같은 기분이 들었다. 엘리어스는 다리를 오므리려고 했지만, 알베르의 힘이 굉장해서 움직일 수 없었다.

"이렇게 사랑스러운 부분을 감추어서는 안 돼."

알베르가 하는 소리라고는 여길 수 없는 말에 엘리어스의 다리가 떨렸다.

"……그렇지만."

"다른 남자에게 보여서는 안 돼. 허락하는 건 나쁜이라고."

'알베르 전하에게 보이는 것은 역시 부끄럽습니다' 라고 엘리어스는 소리치고 싶었지만, 제대로 목소리가 나오지 않았다.

"……우우우웃."

"그대는 내 것이 되면 돼."

좌우 다리가 가슴에 닿을 정도로 꺾여 구부려지니 자연스럽게 비밀스러운 장소가 드러나고 말았다. 말로 표현할 수 없을 정도의 수치심에 엘리어스는 양손을 무턱대고 휘둘렀다.

"그만두십시오."

"매정한 소리 하지 마."

철퍽 하고 비밀스러운 부분에서 느껴지는 젖은 감촉에 엘리어스는 정신을 잃을 것만 같았다. 그 누구보다도 우아한 왕태자가 터무니없는 부분을 혀로 핥았기 때문이다.

"……무, 무, 무, 무, 무, 무슨."

엘리어스는 혼신의 힘을 쥐어 짜내어 비밀스러운 부분을 핥아대는 알베르에게 손을 들었다. 콩 하는 소리가 알베르의 머리 부분에서 울렸다.

그래도 알베르는 엘리어스의 은밀한 부분에서 떨어지려고 들지 않았다.

"그대, 남편에게 뭘 하는 거야."

알베르는 엘리어스의 은밀한 부위를 향해서 푸념을 흘렸다.

"그, 그만둬어."

애무 탓인지 엘리어스는 하반신이 이상했다. 지금까지 겪어본 적 없는 쾌감이 몸 안 깊숙한 곳에서 끓어오르자 엘리어스는 심장이 터질 것만 같았다.

"남편에게 얌전히 사랑받으라고."

"……저, 저, 전하께서 이런 짓을 해서는 안 되십니다."

'설마 누구보다도 우아한 모다브의 왕태자가 볼프스베데의 일개 졸병과 같은 행동을 하다니' 하는 생각에 엘리어스는 놀라움을 감출 수 없었다.

"남편이 아내에게 무엇을 하는지 이미 들어서 알고 있잖아."

알베르가 비밀스러운 부분을 향해서 말을 거는 통에 엘

리어스의 몸은 점점 이상해졌다.

"……그렇지만."

어느새 엘리어스의 은밀한 부분은 축축하게 젖어 있었다. 남자들의 속된 소문 이야기 속의 음탕한 여성 같았다.

"그대가 들었던 미망인 이야기를 떠올려 봐. 미망인은 남자에게 몸을 맡겼을…… 아니, 스스로 졸랐을지도 모르겠군."

'그대도 조르면 좋을 텐데' 라고 알베르는 즐겁게 말을 이었다. 평상시 알던 알베르는 어디에도 없었다.

"……더, 더 이상……"

"더?"

춥 춥 춥 춥 하고 외설적인 소리가 마구 울리자 엘리어스는 자신의 손으로 귀를 막았다. 하지만 아무런 도움이 되지 않았다.

"더 이상…… 그만하십시오……."

"내가 마음에 안 들어?"

엘리어스의 은밀한 부분은 낯부끄러울 정도로 꿀이 흘러넘쳐서 알베르의 품위 있는 입술을 적셨다.

"기분이 이상해집니다."

"그러면 됐어."

처절한 쾌감에 시달리고 있는 것을 알베르가 눈치챘다.

엘리어스는 자신의 한심한 모습이 원망스러웠다.

"……그, 그만두십시오."

"그대가 사랑스러워서 멈출 수 없어."

"이런 상황에서 검을 휘두르고 싶지는 않습니다. ……어?"

알베르의 손가락이 거북한 부위에서 느껴지자 엘리어스의 숨이 멎었다. 아니, 숨이 멎는 줄 알았다.

"슬슬 괜찮겠어?"

"……읏?"

알베르의 긴 손가락이 안쪽을 조사하듯이 움직이기 시작하자 엘리어스는 의식을 잃을 것만 같았다. 손가락 하나로도 괴로웠다.

"빡빡해."

안쪽의 감상을 부드러운 목소리로 말해도 엘리어스는 아무 말도 되돌릴 수 없었다. 그저 괴로울 뿐이었다.

"괜찮지?"

알베르의 표정은 평소와 마찬가지로 다정했지만 금갈색 눈은 사내 그 자체였다.

"……우읏?"

"내 아내여, 나를 받아들여."

우아한 왕태자의 분신이라고는 생각할 수 없는 것이 엘리어스의 몸에 천천히 들어왔다. 아프다는 말로는 부족하고, 뜨겁다는 말로도 부족했다.

'남자로서 살아가는 편이 편했을지도 모르겠다' 하고 엘리어스는 생각했다.

그렇다고는 해도 후회는 하지 않았다.

10장

다음날 아침, 엘리어스는 곁에서 알베르가 자는 모습을 확인하고서 자신의 몸에 남은 붉은 흔적을 바라보았다.

꿈인가 생각했지만 꿈은 아니었다. 꿈으로만 여겨졌던 현실이었다. 어젯밤, 엘리어스는 알베르와 결혼식을 올리고 침대에서 관계를 맺었다.

"……읏…… 이제…… 윽……."

굉장한 압박감에 엘리어스는 기절할 것만 같았다. 그러나 아픔을 입에 담지는 않았다.

남자라면 '아프다'는 말을 입에 담아서는 안 된다고 세상을 떠난 아버지나 교육 담당이 철저히 주입해 교육시켰기 때문이다.

"엘리어스, 아픈가?"

알베르가 다정하게 배려했지만 엘리어스는 이를 악물고 견뎠다.

"……아, 아, 아, 아프지 않습니다."

"아플 텐데."

"……나를 모욕하지 마. 남자는 입이 찢어져도 아프다, 라고는 말 안 해."

몸과 마음 둘 다 궁지에 몰리자 엘리어스는 완전히 자신을 잃었다. 지금까지 남자로서 자라왔기에 어쩔 수 없는지도 몰랐다.

"나는 남자를 안을 마음은 없는데?"

"……더 이상 말 걸지 마."

엘리어스가 악마 같은 표정으로 노려보자 알베르는 입가가 헤벌쭉해졌다. 그리고 정점으로 올려붙였다.

엘리어스의 몸 안에는 알베르가 흘려 넣은 정액이 남아 있었다.

"……전하께는 그런 게 나오는구나."

엘리어스는 마음속으로 중얼거릴 셈이었지만 자신도 모르게 말이 입 밖으로 나왔다. 그러자 자고 있다고만 여겼던 알베르가 눈을 떴다.

"그런 거라니, 뭐지?"

알베르가 품위 있게 묻자 엘리어스는 말문이 막혔다.

"내 아내여, 부부가 되었으니 숨기지 말고 말해봐."

알베르의 시선을 무시할 수 없어서 엘리어스는 우물거리는 목소리로 답했다.

"……노, 놀랐습니다."

"내 무엇이 그대의 마음에 큰 파문을 일으켰지?"

"알베르 전하에게서…… 나왔기…… 때문입니다."

엘리어스는 말을 얼버무렸지만 알베르는 눈치챈 모양인지 긴 속눈썹이 드리워진 눈동자를 크게 흔들었다.

"나를 여자로라도 생각한 건가?"

알베르는 모든 점에서 품위가 있었지만 여성스러운 것은 아니었다.

"아니요, 그렇지는……."

"나는 남자야."

'그 사실은 이미 몸으로 겪어서 압니다' 라고 엘리어스는 마음속으로 답했다. 침대에서는 대륙에서 제일 우아한 미청년도 볼프스베데 황국의 일개 병졸과 별반 다르지 않았다. 알베르에게 애태우는 규중 영애들이 알면 졸도하리라.

"우리나라의 사내와는 너무나 달라서……."

그렇게 망측한 짓을 하리라고는 생각하지 않았다. 보통 남자와는 다르리라고 생각했다. 그것이 엘리어스의 꾸밈없는 본심이었다.

"내가 볼프스베데의 남자에 비해서 사내답지 못하다는 건가?"

드센 남자들에게 둘러싸여 있던 엘리어스의 처지에 생각되는 바가 있었는지, 알베르는 슬며시 비아냥거렸다.

지크바르트나 로데리히에 비한다면 알베르는 예쁘장한 남자 이외의 그 무엇도 아니었다.

"……죄, 죄송합니다. 그런 말은 하지 않았습니다. 야만스러운 우리나라의 거친 남자와 달리, 알베르 전하께서 우아하시기 때문입니다."

"우선, 그 말투가 마음에 안 들어."

알베르는 엘리어스의 턱을 불만스럽다는 표정으로 쥐었다.

"예?"

애당초 엘리어스는 숙녀다운 말투에는 전혀 자신이 없었다. 알베르의 주의에 진지한 표정으로 귀를 기울였다.

"그대의 '우리나라'는 어디지?"

"볼프스베데 황국입니다만."

"그대는 내게 시집와서 모다브의 왕태자비가 되었어. 잊었다는 말은 듣지 않겠어."

알베르가 매서운 눈으로 추궁하자 엘리어스는 자신의 실언을 깨달았다.

"……아!"

모국에서 결혼식을 올렸기에 모국과 시집간 나라의 구별이 희박해져 있었다. 혹시 모다브 왕궁에서 왕태자비가 '우리나라'라고 볼프스베데 황국을 가리켰다면, 무시무시한 비난이 쏟아졌으리라. 엘리어스뿐만 아니라 알베르 역시 기회는 이때다 하고 비판받게 될 것이다.

"그대는 모다브의 비, 볼프스베데 황국은 그대의 모국이지만 그대의 '우리나라'는 모다브야."

"예, 실언했습니다. 우리나라는 모다브입니다."

앞으로는 언동에 세심한 주의를 기울여야만 했다. 엘리어스가 진심으로 반성하자 알베르는 부드러운 미소를 띠었다.

"그럼 됐어."

"죄송합니다."

"몸은 별 탈 없어?"

알베르는 쓱 화제를 바꾸며 엘리어스의 어깨를 다정하게 끌어안았다.

"신경 쓰지 마십시오."

여태껏 한 번도 경험해 본 적 없는 권태감과 아릿한 통증에 시달리고 있었지만, 엘리어스는 꾸며낸 웃음을 알베르에게 지어 보였다.

"아프겠지?"

알베르가 말한 대로 지금도 무언가가 들어가 있는 듯해서 아팠다. 그러나 관계를 맺는 도중이 몇 배나 더 아팠다. 이제 두 번 다신 싫다고 외쳤는지 외치지 않았는지 기억이 명확하지 않았지만, 이 자리에서 푸념을 흘릴 수는 없었다.

"아프지 않습니다."

"확인해 보지."

알베르의 남자치고는 섬세한 손이 다리 사이로 뻗어 오자 엘리어스의 머릿속이 새하얗게 변했다.

"……네?"

알베르의 손이 미끄러지듯이 엘리어스의 음란한 부분으로 숨어들었다.

"아픈가?"

알베르가 걱정스러운 눈빛으로 물어보자 엘리어스는 얼굴에서 열이 올랐다.

"만지지 마십시오."

엘리어스는 알베르의 손을 잡고 자신의 다리 사이에서 빼내려고 했다. 그러나 알베르의 손은 꿈쩍도 하지 않았다.

"아내는 남편의 손을 거절해서는 안 돼. 모다브의 관습이야."

알베르가 당연하다는 표정으로 말하자 엘리어스는 뺨을 실룩거렸다.

"……그, 그런 관습은 없을 겁니다."

모다브 왕궁의 관습에 훤하지는 않았지만, 우선 그런 사항이 버젓이 통용되지는 않으리라.

"알았어?"

알베르가 사내의 얼굴로 엘리어스의 은밀한 부분을 몰아붙이듯이 지분거렸다. 우아한 왕태자의 가면이 벗겨졌다.

"……읏, 그 정도는 압니다."

엘리어스가 허리를 비틀어도 알베르의 손은 떨어지지 않았다. 어젯밤에 자신이 보였던 추태가 떠오르자 엘리어스의 은밀한 부분이 욱신욱신 쑤시기 시작했다.

"흘러넘쳤어."

알베르가 만족스럽게 미소 짓자 엘리어스는 기절할 것만 같았다. 어째서인지 몸을 스스로 조절할 수 없었다.

"……더, 더 이상, 만지지 마십시오."

엘리어스의 허리가 하필이면 저도 모르는 사이에 경박하게 휘었다. 알베르의 손가락을 즐기기 위해서.

"어젯밤 가르쳐 주었잖아. 이런 때, 그대가 입에 담을 말은 정해져 있어.”

‘예뻐해 주세요, 하고 말하면서 다리를 벌리도록 해’ 라고 알베르는 어젯밤 엘리어스의 귀에 속삭였다.

“……읏…….”

엘리어스의 은밀한 부분에서 꿀이 끊임없이 흘러넘쳐서 알베르의 기다란 손가락을 휘감으며 음란한 소리를 자아냈다. 어째서 자신의 몸에서 이런 꿀이 흘러넘치는지, 엘리어스는 스스로도 자기 모습을 믿을 수가 없었다.

“말 못하겠어?”

알베르의 손이 심술궂게 꿈틀거리자 엘리어스는 교성을 질렀다.

“……아앗.”

엘리어스는 자신의 입에서 튀어나온 목소리에 놀라 힘껏 이를 악물었다.

“나를 사랑한다면 말해봐.”

“……사, 사, 사, 사…… 사…… 랑…….”

바라는 말을 입에 담으려고 해보아도, 은밀한 부위가 욱신거리며 방해했다. 새초롬한 표정을 한 알베르의 손이 얄미웠다.

“달콤하게 말해봐.”

“이른 아침부터…….”

엘리어스가 비밀스러운 부위의 욱신거림을 견디며 말하자, 알베르는 빙긋 미소 지으면서 손을 빼내었다.

"밤이라면 괜찮아?"

"……응."

"그럼 오늘 밤, 기대하도록 하지."

알베르는 어봐란 듯이 젖은 손을 엘리어스에게 보여주었다. 질척한 것이 하얀 시트에 떨어져 얼룩을 만들었다.

"……크윽."

"얼마든지 내 손을 적시도록 해."

"……그, 그런 일……."

뒤로 미루었을 뿐, 아무런 해결도 나지 않은 건지도 몰랐다. 엘리어스는 아쉬워하는 자신의 은밀한 부위에 당황하면서도 알베르의 젖은 손에서 눈을 돌렸다.

*　　*　　*

시녀의 손을 빌려 몸단장을 마친 후, 엘리어스는 모다브 왕국의 왕태자비로서 알베르와 함께 지크바르트를 만났다.

거성 안에는 축하 분위기가 감돌았고 모다브 상인이 선물로 보낸 화려한 백합이 여기저기에 장식되어 있었다.

엘리어스가 순결하다는 증거는 세브란을 필두로 한 알베

르의 측근들이 확인했다. 이 상황에서 엘리어스의 순결이 인정되지 않으면 지크바르트의 수치가 될 수도 있었다. 엘리어스는 수치심으로 가득했지만 자신의 순결이 인정된 것에 안도의 한숨을 흘렸다.

"엘리어스가 여자라는 말이 거짓은 아니었군."

지크바르트는 억양 없는 목소리로 혼잣말처럼 툭 흘렸다. 엘리어스를 남자라고 굳게 믿고 있었기에 순결의 증거를 볼 때까지 납득할 수 없었다는 기색이었다.

엘리어스는 깜짝 놀라 입을 떡 벌렸지만, 알베르는 우아하게 미소 지었다.

"최고로 아름다운 여성을 주셔서 깊이 감사합니다."

"……아름다운 남자는 아니었나."

지크바르트가 무뚝뚝한 얼굴로 말을 흘리자, 곁에 있던 아델리느가 눈을 치켜떴다.

"지크바르트, 적당히 하세요. 엘리어스는 제 새언니예요. 제 새언니라는 말은 지크바르트의 손윗사람이란 뜻이기도 해요."

"……소, 소, 소, 소, 손윗사람?"

지크바르트의 날카로운 눈이 허공에 붕 떴을 때, 새된 여성의 비명이 울려 퍼졌다.

"꺄아악, 불이야!"

"도망치십시오!"

'무슨 일이지? 알베르 전하, 지켜드리겠습니다' 라고 말하며 엘리어스는 제정신을 차리고는 허리에 있는 검으로 손을 뻗었다.

말할 것도 없이 엘리어스는 검을 차고 있지 않았다.

"……아, 검이……."

엘리어스의 몸에 익어 있던 지금까지의 습관을 깨닫자 알베르는 부드러운 미소를 띠었다.

"엘리어스, 그대가 검을 손에 들 필요는 없어."

"그렇지만 전하를 지켜드려야 합니다."

"그대를 지키는 사람은 나야."

세브란이 험악한 표정으로 엘리어스와 알베르의 곁에 달려왔고, 볼프스베데 황국의 친위대가 방패가 되듯이 빙글 에워쌌다.

"엘리어스, 물러서…… 아니, 엘리어스 비전하, 가만히 계십시오. 반드시 지켜 드릴 테니까요."

사이좋았던 친위대 병사가 주의를 주는 것에, 엘리어스는 낯간지러웠지만 거스르지 않았다. 아마도 다른 친위대의 면면도 같은 생각을 했으리라.

지크바르트가 아델리느를 보호하듯이 가슴에 안았고 빅토르는 현재 상황의 확인을 서둘렀다.

"남쪽 탑에서 불길이 일었습니다."

남쪽에 있는 탑에서 불이 났다는 사실은 틀림없었다. 다만 단순히 부주의 때문에 난 화재가 아니라 방화일 가능성이 높았다.

"적의 습격인가?"

"모반인가?"

거성 안에서 불을 질러 소동을 일으킨 다음 쳐들어오는 전법일지도 몰랐다. 친위병이 발코니에서 험한 산길을 확인했다.

"선전포고는 아무 데서도 오지 않았습니다."

"불의의 습격이 아닌가."

순식간에 거성에서 축하 분위기가 사라졌고 로데리히를 총지휘관으로 한 계엄령이 내려졌다.

"알베르 전하, 엘리어스 비전하, 이쪽으로 오십시오."

친위대장에게 이끌려 엘리어스는 알베르와 함께 안전한 곳으로 피난했다. 곁에는 지크바르트에게 보호받는 아델리느와 유모에게 안긴 황태자도 있었다. 빅토르는 검을 뽑고 주변에 신경을 기울이고 있었다.

"오라버니의 결혼식 다음 날에 무슨 일이죠? 오늘은 축하 기마시합이 있는데."

아델리느는 귀여운 얼굴을 찡그리며 화를 냈고, 지크바

르트는 무시무시한 노기를 뿜어냈다. 엘리어스는 알베르의 곁에서 일이 돌아가는 추이를 지켜보았다.

근위와 친위대의 연대로 남쪽 탑에 났던 불은 곧바로 진화되어 다행히도 사상자는 한 사람도 나오지 않았다. 불을 질렀다고 의심되는 허드렛일을 하는 중년 남자를 체포했다고 한다. 조사 전문가가 곧바로 죄를 실토하게 만들었다.

"보고드립니다. 말러 백작이 모반을 일으켰습니다."

황위 계승권을 가진 말러는 이전부터 불온한 움직임을 보여서, 지크바르트나 로데리히는 신경을 곤두세우고 있었다. 말러 백작의 영지 안에는 로데리히의 밀명을 받은 자가 잠입해 있다고 한다.

"드디어 일으켰나."

지크바르트는 차갑게 투지를 불태웠고, 로데리히는 화가 치민다는 듯이 혀를 찼다.

"말러 백작을 뒤에서 조종한 인물이 있는 모양입니다."

이번 황태자의 출산에 알베르와 엘리어스의 결혼이 더해지자 말러는 무언가에 내쫓기듯이 궐기한 것인지도 몰랐다. 아니, 지크바르트와 모다브 왕국과의 유대가 강해졌으니 모반을 일으켜도 소용없다는 사실을 알 터였다. 혹시 누군가가 부추겼는지도 몰랐다.

"말러 일족을 제물로 바치고 나서 생각하겠다."

지크바르트는 승리 선언을 하자마자 바람처럼 출진해 버렸다. 아내인 아델리느에게 키스는커녕 시선조차 주지 않았다. 지크바르트군이 신출귀몰한 이유였다.

"……지크바르트, 어째서 아내에게 잘 다녀오겠다는 키스를 하지 않냐고요오."

아델리느가 새빨간 얼굴로 외쳤지만 아무도 달래줄 수 없었다. 엘리어스도 말없이 지켜볼 뿐이었다.

"별일 아니라면 좋겠는데."

알베르가 간절한 모습으로 혼잣말처럼 흘리자, 거성의 책임자로서 남은 로데리히가 부끄럽다는 듯이 말했다.

"알베르 전하, 연달아 일어나는 모반에 질리셨겠지요?"

엘리어스도 평화로운 모다브 왕국을 떠올리자, 지치지도 않고 계속 일어나는 모반이 부끄러워졌다. 야만인뿐인 나라라고 모다브 왕국에게 모욕당해도 별 수 없었다.

"지크바르트의 고뇌가 깊겠어."

알베르는 내리깐 눈으로 싸움을 계속하는 지크바르트를 안타까워했다. 볼프스베데 황국에 질린 기색은 전혀 없었다.

"어떻게 하면 알베르 전하의 나라처럼 평화롭게 번영할 수 있을까요?"

아무리 지크바르트가 압도적인 힘을 보여주어도, 야심

의 망자로 변한 배신자는 계속해서 나왔다. 로데리히는 정말 정나미가 떨어진 모양이었지만 엘리어스도 진력나고 말았다.

"사람의 욕망에는 끝이 없소. 모다브는 모다브의 고뇌를 품고 있지요. 폐단은 귀공의 나라만의 문제가 아닐지니."

알베르가 모다브 왕국의 문제를 완곡하게 입에 담자, 아델리느가 진지한 얼굴로 끄덕였다.

"응, 모다브에는 모다브의 몹쓸 부분이 잔뜩 있어요. 몹쓸 건 볼프스베데 황국뿐만이 아니에요. 힘든 것은 지크바르트뿐만이 아니에요. 아바마마와 오라버니 역시 큰 고뇌를 가지고 있는 걸요."

아델리느는 옥좌에 앉은 아버지와 오빠의 고뇌를 나름대로 알았다. 거병이 일어나지 않는 만큼 음지에서 모다브 국왕을 배신하는 신하가 적지 않았다.

"저도 참, 약한 소리를 내뱉어서 송구합니다."

로데리히는 한 번 인사를 하고는, 크라센 재상이나 외무대신과 함께 거성에 있던 모다브 상인들이 있는 곳으로 향했다. 지금 모다브 상인을 내버려 두어서야 본전도 못 건진다.

"엘리어스."

난데없이 아무런 예고도 없이 아델리느가 진지한 표정으

로 손을 잡자 엘리어스는 깜짝 놀랐지만 도망가지는 않았다.

"예."

"황제인 지크바르트가 얼마나 외롭고 고생스러운지 알고 있죠?"

무슨 말을 하나 싶었는데 아델리느는 똑똑하게 다짐시키듯이 확인해 왔다.

"예."

지크바르트의 입장이 어떤 것인지, 옆에서 보는 것보다도 훨씬 치열했다는 사실을 엘리어스 역시 잘 알았다.

"오라버니께서도 지크바르트와 마찬가지로 외롭고 고생스러우세요. 헤아려 주세요."

아델리느는 오빠를 잘 따르는 여동생의 얼굴을 하고는 엘리어스의 손을 고쳐 쥐었다. 항상 알베르는 우아한 미소를 짓고 있지만, 말과 글로는 다 표현할 수 없는 고뇌를 억누르고 있는 것이었다. 음험함으로는 볼프스베데 황국보다 모다브 왕국 쪽이 몇 배나 심했다.

"예."

"오라버니를 슬프게 하지 말아요."

엘리어스는 크게 끄덕이고는 아델리느의 손을 꼭 쥐었다. 스스로 무엇을 할 수 있을지는 잘 몰랐지만, 알베르를 슬프게 만들 마음은 전혀 없었다.

*　　*　　*

지크바르트는 위협적인 속도로 말러 백작이 일으킨 모반을 진압했다. 말러 백작의 군이 나약했던 것이 아니라 지크바르트가 이끄는 군이 너무 강했던 것이다. 선두를 달렸던 친위대의 용맹하고 과감한 모습은 누구나 인정했다.

엘리어스는 친위대의 면면을 모다브의 왕태자비 자격으로 치하했다.

"말러 백작은 웨이스데일 제국과 밀약을 맺은 모양입니다."

로데리히가 담담한 태도로 보고하자, 막 개선해 돌아온 지크바르트에게서 노기가 넘쳐 흘렀다.

"역시 웨이스데일 제국인가."

웨이스데일 제국은 대륙의 패권을 걸고 지크바르트와 싸울 생각인지도 몰랐다. 엘리어스는 웨이스데일 제국의 뒷공작에 구역질이 나올 것만 같았지만, 곁에 있는 알베르는 싱긋이 미소 지었다.

"말러 백작이 모반을 일으키면, 웨이스데일 제국이 바다에서 침공해 오는 수순이었다던가요."

말러 백작과 웨이스데일 제국의 해군이 손을 잡으면 지크바르트는 힘겨운 싸움을 강요당할 것이 틀림없었다.

“웨이스데일의 해군이 움직인 흔적은 있나?

볼프스베데 황국의 해군에게서는 아무런 보고도 들어오지 않았다.

“폐하께서 너무도 빨리 모반을 진압하셔서 웨이스데일 제국은 바다에서 쳐들어오지 못한 모양입니다.”

로데리히는 자랑스럽다는 듯이 지크바르트의 전공을 기렸다. 아델리느는 무사한 모습을 확인하려는 듯이 지크바르트에게 매달렸다.

“사흘 전, 알베르를 독살하려고 했던 자는 웨이스데일의 자객인가?”

지크바르트는 악마 같은 형상으로 알베르의 요리에 독을 넣은 요리인의 흑막에 대해서 입에 담았다.

독극물 소동에 익숙하기 때문인지 사전에 눈치채서 피해가 없었기 때문인지 세브란이나 알베르는 전혀 수선을 피우지도, 사건을 공표하지도 않았지만, 엘리어스는 어떻게 해서든 사실을 밝히고 싶었다.

“웨이스데일 제국의 해군 관계자가 고용한 자객이었습니다. 우리나라에서 알베르 전하를 저세상 사람으로 만들어 지크바르트 폐하와 모다브 왕국 사이를 갈라놓고 싶었던 거겠지요."

로데리히는 밀정에게서 받은 보고를 지크바르트에게 고했다.

"용서 못해."

지크바르트가 한 말은 엘리어스가 하고 싶은 말이기도 했다. 웨이스데일 제국을 향해서 엘리어스의 분노가 불타올랐다. 알베르의 목숨을 노리는 무리는 누구라 해도 용서하기 어려웠다.

"예."

로데리히도 웨이스데일 제국에 대한 인내심이 끊어진 듯했다. 대국이라면 대국답게 정정당당히 정면에서 싸움을 걸어오면 그만이다. 이 일은 정말이지 대국이라고는 생각할 수 없는 소행이었다.

"웨이스데일 제국을 혼쭐내 주도록 하지."

지크바르트가 사나운 두 눈으로 웨이스데일 제국에게 선전포고를 하자, 알베르가 태연한 태도로 끼어들었다.

"지크바르트, 모처럼 모다브와의 무역이 궤도에 오르기 시작한 지금, 전쟁을 일으켜서는 안 됩니다."

알베르는 무역을 이유로 웨이스데일 제국과의 개전을 반대했다. 지금 전쟁이 시작되면 질 좋은 상품을 다루는 모다브 상인은 볼프스베데 황국에서 철수할지도 몰랐다. 아마도 남는 사람은 악질적인 모다브 상인뿐이리라.

"걸어온 싸움은 받아줘야지."

'우습게 보이면 끝이다' 라고 지크바르트는 처절한 박력을 뿜으며 소리쳤다.

모다브 왕국에서 온 젊은 시녀들은 지크바르트의 너무나 무서운 모습에 비명을 질렀다. 아델리느는 젖은 눈으로 지크바르트의 몸에 두른 팔에 힘을 실었다.

"상대방이 던진 장갑을 주울 의무는 없습니다."

"알베르, 이 상황을 묵인하면 다음엔 더욱 심한 꼴을 당한다."

웨이스데일 제국의 꼬드김을 받아 모반을 일으킬 법한 패거리는 얼마든지 있었다. 엘리어스 또한 몇 사람인가 짚이는 곳이 있었다. 지금 이 시점에서 웨이스데일 제국을 쳐두는 편이 나았다.

다만 웨이스데일 제국은 너무 거대했다. 아무리 군사의 천재라고 칭송받는 지크바르트라 해도 뒤처질지도 몰랐다.

엘리어스는 냉정하게 볼프스베데 황국과 웨이스데일 제국의 군사력을 비교했다. 군사력이라면 호각이었지만, 국력을 따지면 웨이스데일 제국이 훨씬 웃돌았다. 자원이나 물류로 따지면 완전히 불리했다.

아직은 직접 대결은 피하는 편이 낫다고, 엘리어스는 판단했다.

로데리히나 빅토르도 엘리어스와 같은 판단을 내린 모양이었다. 아직 그럴 때가 아니라고.

"웨이스데일 제국의 내부 정보를 얼마만큼 쥐고 있습니까?"

알베르는 웨이스데일 제국의 대귀족을 통해서 여러 가지 정보를 손에 넣었다고 했다.

"우리나라를 눈엣가시로 여긴다는 사실은 안다."

지크바르트가 말한 대로 웨이스데일 제국이 볼프스베데 황국을 적대시하고 있다는 점은 널리 알려진 사실이었다.

"웨이스데일 제국의 해군 관계자, 외무대신, 재무대신은 개전파입니다. 하지만 재상은 전쟁에 반대하고 있습니다."

몰랐던 웨이스데일 제국의 내부 사정을 듣고 지크바르트가 눈을 크게 떴다.

"재상이 전쟁을 반대하는 건가?"

웨이스데일 제국은 볼프스베데 황국이나 모다브 왕국처럼 군주를 정점으로 한 절대 왕정을 펼치고 있었지만 재상의 존재는 무시할 수 없다는 점이 나라의 특색이었다.

"웨이스데일의 재상은 모다브와 친밀합니다. 이 상황에서 지크바르트가 선전포고를 한다면 개전파가 바라는 바겠지요."

알베르는 웨이스데일 제국의 재상과 모다브가 이어져 있다는 사실을 밝혔다. 서로 이해관계가 일치한 것이었다.

엘리어스뿐만 아니라 로데리히나 빅토르도 알베르와 웨이스데일 제국 재상과의 관계를 모르고 있었다. 볼프스베데 황국의 빈약한 정보 수집 능력은 다들 아는 이야기였다.

"알베르, 귀공의 의견을 듣지. 알다시피 나는 싸움밖에 모른다."

지크바르트는 솔직하게 자신의 서투른 점을 인정하며 외교에 능숙한 알베르에게 의견을 구했다. 알베르를 믿기 때문이었다.

"말러 백작의 모반은 진압되었습니다. 그다지 피해도 없습니다. 이번에는 넘어가시지요."

알베르의 의견에 미간을 찡그린 사람은 로데리히나 크라센 재상뿐만이 아니었다. 지크바르트는 내뱉듯이 말했다.

"얕보이겠군."

혈기왕성한 지크바르트 직속 친위대에 속한 기사들에게서도 불만이 새어 나왔고, 호전적인 육군의 어느 장교는 여봐란 듯이 한숨을 쉬었다.

하지만 알베르는 주변의 그 어떤 반응에도 동요하지 않았다.

"이 기회에 국력을 쌓는 겁니다. 모다브가 볼프스베데

황국의 자원 비축을 돕겠습니다."

알베르는 압도적으로 약한 볼프스베데 황국의 물류에 관계된 제도를 정비할 셈이었다. 지크바르트 역시 자국의 약점은 잘 알았다.

"전쟁 준비인가."

"웨이스데일 제국에는 나와 비가 선물을 보내지요. 귀공에게 모다브가 붙어 있다는 사실을 다시금 전하겠습니다."

외교는 자신에게 맡기라며 알베르는 우아한 미소를 띠었다.

"공물을 보내도 깔볼 뿐이다."

"그렇다고 단정 지을 수만은 없지요. 모다브에게 아양 떠는 자가 늘고 있습니다."

모다브 왕궁이 보내는 값비싼 공물은 웨이스데일 제국에 대한 일종의 포석도 되고 있었다.

"돈으로 사람을 사는 건가?"

지크바르트가 무뚝뚝하게 말하자 알베르는 쓴웃음을 띠었다.

"지크바르트, 귀공의 말투는 아름답지 않습니다."

"말 따위 아무런 도움도 안 돼."

수많은 싸움에서 승리를 거머쥐어 온 용맹한 장수가 아니라면 보일 수 없는 철학은 볼프스베데 황국에 깊게 스며

들어 있었다. 엘리어스의 세상을 떠난 아버지도 말투가 나빴다.

"전쟁터에서 말은 아무런 의미도 없지만 외교에서는 필요합니다."

"……그런 싸움 방식도 있나."

지크바르트는 알베르의 제안을 받아들여 선전포고를 기각했다. 아델리느는 커다란 눈물방울을 흘리면서 지크바르트의 가슴에 뺨을 비볐다.

'이것이 모다브의 왕태자가 싸우는 방식인가' 하고 생각하며 엘리어스는 감탄했다. 그리고 자랑스럽기도 했다.

"엘리어스, 그대는 나를 모다브의 겁쟁이라고 생각하나?"

알베르가 진지한 표정으로 묻자 엘리어스는 고개를 내저었다.

"제 남편은 대륙에서 제일 총명하신 왕태자입니다. 피를 흘리지 않고 끝난다면 그보다 더할 나위는 없습니다."

최고로 자랑스러운 알베르를 향해서 엘리어스는 지금까지 해왔던 버릇대로 기사로서의 예의를 표하려고 했다. 그러나 알베르가 살며시 가로막았다.

엘리어스는 자신의 실수를 깨닫고는 뺨을 붉혔지만, 알베르는 더할 나위 없이 다정한 미소를 떠올렸다.

알베르의 측근들의 눈도 매우 다정했다.

“자, 자, 지금 모다브에서 가장 인기 있는 초콜릿 장인이 만든 초콜릿이에요. 드셔보세요.”

아델리느가 고른 초콜릿으로 개선을 축하하는 연회가 시작되자 알베르의 측근인 백작 영식이 다가왔다.

“알베르 전하, 늦어서 죄송합니다. 기다리고 기다리시던 준비가 다 되었습니다.”

백작 영식의 그 말을 듣자, 알베르는 엘리어스를 이끌고 연회에서 빠져나왔다.

“이건 오라버니와 엘리어스의 결혼을 축하하며 만든 초콜릿이에요. 오라버니께서 좋아하시는 포도주를 넣었어요.”

아델리느가 평소보다 더욱 흥분해 있었기에 알베르와 엘리어스가 자리를 떠도 그다지 문제가 되지 않았다. 세브란도 말없이 따라왔다.

황제의 문장이 새겨진 문을 넘어 기분 좋은 바람이 부는 중앙 정원으로 나아갔다. 보리수 앞에서는 알베르의 젊은 충신이 무릎을 꿇고 있었다.

어딘가 과장된 인사를 하고 나서 젊은 충신은 손에 들고 있던 보석 상자를 곁에 대기한 세브란에게 맡겼다.

"수고했다."

알베르가 귀공자다운 태도로 치하하자 젊은 충신은 어줍잖은 동작으로 물러갔고, 이어 세브란이 엘리어스를 향해서 보석 상자를 열었다.

때마침 거센 바람이 불어서 보석상자의 주변에 천천히 나뭇잎들이 떨어져 내렸다.

"……이, 이것은?"

세브란이 손에 든 보석 상자에는 엘리어스 어머니의 유품인 에메랄드 목걸이와 반지가 들어 있었다.

"엘리어스 비전하의 자당께서 남기신 유품이 틀림없지요?"

세브란이 확인하듯이 묻자 엘리어스는 어머니의 유품에 손을 뻗었다. 아무리 슈라이히 공작가의 재정 상황이 궁핍하고 궁에 드나드는 상인이 원해도 손에서 놓지 않았던 어머니의 유품이 확실했다.

"……예, 어머님의 것입니다."

카롤리네가 어머니의 유품을 욕심내자 요한이 엘리어스에겐 한마디 말도 없이 멋대로 건네주고 말았었다. 이제 두 번 다시 돌아오지 않으리라고 생각해서 포기하고 있었기에, 그저 놀랐다.

"알베르 전하께서 드리는 선물입니다."

세브란은 태연한 태도로 말하더니 엘리어스와 알베르의 앞에서 조용히 떠나갔다.

"……알베르 전하?"

엘리어스는 믿을 수 없다는 눈으로 알베르에게 시선을 보냈다.

"모다브의 특산품은 다이아몬드이지만, 그대에게는 그대의 눈동자와 같은 에메랄드가 잘 어울려."

알베르는 만족스럽게 미소 지었지만, 엘리어스는 무엇이 어찌 된 일인지 알 수 없었다. 무엇보다 알베르에게 어머니의 유품에 대해서 말한 적은 한 번도 없었다. 알베르는 어머니의 유품의 존재조차 모를 터였다.

"어째서죠? 어째서 어머니의 유품이?"

엘리어스가 흥분한 목소리로 묻자 알베르는 싱긋 미소 지었다.

"그건 그대의 것이지?"

알베르는 금갈색 눈동자에 '나는 당연한 일을 했을 뿐이야' 라는 뜻을 대놓고 내비쳤다.

"그렇지만 요한이 카롤리네에게 넘겨줘 버렸다고……."

에메랄드의 목걸이와 반지는 세상을 떠난 어머니가 시집올 때 가져온 것 중 하나이기도 했다. 당시의 황제가 들려 보내주었던 것이었다.

본래대로라면 카롤리네의 손에 넘어갈 물건이 아니었다.

"그대의 이복 오라비는 다소 멋이 없어. 그대의 어머니가 남긴 유품은 그대의 것이지."

알베르는 슬며시 요한의 생각 없는 행동을 꼬집었다.

"……카롤리네에게서 빼앗아와 주신 겁니까?"

"말을 고치지. 아무도 빼앗아오지 않았어. 그대의 것을 가지고 오게 시켰을 뿐이지."

아무리 카롤리네나 요한이라 해도 알베르의 사자가 나타난 데에야 거절할 수 없었으리라. 불평도 하지 않고 내밀었을 터였다.

얌전해 보이는 시녀를 이용해서 엘리어스를 독살하려고 했던 헤르미네는 요한의 손에 의해 고성에 유폐되었다. 일찍이 엘리어스가 유폐되었던 고성이었다. 아무리 슈라이히 공작가의 존속이 걸려 있다 해도 요한은 친어머니를 처리할 수 없었던 모양이었다. 친어머니와 얌전해 보이는 시녀 사이의 의사에 차이가 있었던 것으로 몰아 독살 혐의를 얼버무렸다.

모다브 왕태자비의 친정이 되는 터라 이 이상 슈라이히 공작가를 몰아붙일 수는 없었다. 알베르와 지크바르트는 이번만큼은 헤르미네를 봐주었다. 다음에 무언가 또 일을 꾸미면 끝이라고 못을 박고 나서.

"저는 한 번도 어머니의 유품에 대해서 이야기하지 않았습니다. 어떻게 아셨습니까?"

엘리어스가 가장 의아한 점을 묻자 알베르의 눈매가 처졌다.

"사랑스러운 그대의 일이라면 아무리 사소한 일이라도 알고 싶어."

알베르가 특유의 화법으로 에둘러 말하자 엘리어스는 내막을 깨달았다. 정보전에 뛰어난 왕태자는 은밀하게 정보망을 끌어당긴 것이리라. 엘리어스가 내직에 힘쓴 이유 또한 파악했을지도 몰랐다.

"……혹시나, 조사하신 겁니까?"

'내 뒤를 조사했나. 어째서 그런 일을 하나' 하는 생각에 엘리어스는 알베르를 올려다보았다.

"그대를 몰아세운 기억은 없어."

"몰리지는 않았습니다. 놀랐을 뿐입니다."

엘리어스가 고지식하게 밝히자 알베르는 눈을 크게 떴다.

"어째서 놀라지?"

"포기하고 있었으니까요."

세상을 떠난 아버지 손에 의해 고성에 유폐되었을 때, 엘리어스는 밝은 장래를 포기했다. 대대로 슈라이히 공작처럼 전쟁터에서 무공을 세우는 일도, 지크바르트트의 문관으로서 사는 일도 단념했다. 결혼은커녕 연인을 만드는 일을 생각해 본 적도 없었다. 고독과는 연을 끊을 수 없다는 사실도 받아들였다. 말하자면 엘리어스는 포기하는 일에 익숙했던 것이었다.

"어째서 포기했던 거지?"

넘치도록 축복받은 왕태자는 신기하다는 듯이 엘리어스를 바라보았다.

"카롤리네의 손에 넘어가고 말았으니까요."

"앞으로 그대는 아무것도 포기할 필요가 없어."

'어머니의 유품을 되찾아주었으면 좋겠다고 조르기를 바라고 있었어' 라고 알베르는 조용하게 말을 이었다.

"……알베르 전하."

엘리어스는 그저 알베르의 깊은 애정에 마음이 흔들릴 뿐이었다.

"그대는 지금까지 괴로움을 겪어왔겠지. 앞으로는 내가 지키겠어. 평생, 그대를 쭉 사랑하겠어."

알베르가 진지한 눈빛으로 바라보자 엘리어스는 가슴이 뜨거워졌다. 커다란 눈물방울이 툭 떨어졌다.

"알베르 전하께서도 지금까지 괴로운 마음을 겪어오셨

겠지요. 저도 목숨을 걸고 지켜 드리겠습니다."

알베르에게 보내지는 자객은 늘어나면 늘어났지 줄어드는 일은 없으리라. 엘리어스가 엘리어스 나름대로의 사랑을 바치자 알베르의 입가가 즐겁다는 듯이 벌어졌다.

"그대는 내 곁에서 웃기만 해도 돼."

'지크바르트의 곁에서 행복하게 웃는 아델리느처럼' 이라고 말하며 알베르의 품위 있는 입술이 엘리어스의 뺨을 스쳤다.

"웃고 있기만 해도 됩니까?"

"그래."

'나는 그대가 곁에 있어주기만 해도 좋아' 라고 말하면서 알베르는 엘리어스의 코끝과 뺨에도 키스를 남겼다.

"……웃고 있기만 해도, 아델리느 황비님처럼 웃고 있기만 해도."

엘리어스는 지크바르트에게 매달리는 아델리느를 뇌리에 떠올렸다. 두 사람 모두 행복해 보였다.

"아아, 웃고 있기만 하는 건 아니야. 그대는 키스를 잊어서는 안 돼. 나는 지크바르트처럼 아내부재병은 아니니까."

알베르가 키스를 바라자 엘리어스는 스스로 입술을 가져다 댔다. 기억이 틀림없다면 엘리어스 쪽에서 하는 첫 키스였다.

쪽 하고 맞닿기만 하는 키스였지만, 알베르는 행복하다는 듯이 미소 지었다.

"……이런 걸로 좋으십니까?"

아델리느도 남들 앞에서는 지크바르트에게 깃털처럼 가벼운 키스밖에 하지 않았다. 그래도 지크바르트는 만족스러워 보였다.

"그래."

알베르가 보답의 키스를 하자 엘리어스는 무어라 형용하기 어려운 행복감을 곱씹었다. 일찍이 마음에 자리 잡고 있었던 고독감이나 적막감은 더 이상 없었다. 엘리어스는 알베르에게 선택받은 기적에 감사했다.

『우아한 왕태자와 남장 영애의 결혼』 끝

작가 후기

마리로즈 문고에서는 세 번째로 책을 내는 모리야마 유키입니다. 『우아한 왕태자와 남장 영애의 결혼』을 읽어주셔서 고맙습니다. 진심으로 감사드립니다.

실은 저에게는 매우 사나이다운 남자…… 가 아니라, 남자다운 여자친구 X양(가명)이 있습니다. 근육도 팔 힘도 보통이 아니라서 웬만한 남자보다 훌륭합니다.

처음 만났던 때는 십 년 전쯤일까요? 당시엔 보이시한 여자라고 생각했습니다만, 해마다 X양이 아저씨스러워지는 것만 같은 기분이 듭니다. 그렇지만 X양은 '아저씨' 가 아니라 '형님' 이라고 불립니다.

모월 모일, 그런 형님인 X양과 친하게 지내는 모임(웃음)의 술자리에 참가했습니다. 남녀가 섞여서 아홉 명 정도, 처음부터 즐거운 대화가 터졌습니다.

어쩌다 보니 한 남자가 X양에게 말했습니다.

"이 녀석은 불알이 달려 있어."

저는 일찍이 남자에게 이런 소리를 들었던 여자를 알지 못합니다. X양은 전혀 동요하지 않고 당당하게 되받아쳤습니다.

"불알이 아니라 봉이다."

X양의 남자다운 대범함을 보고 눈이 확 트였음은 말할 것도 없습니다. 그렇다고는 해도 주변에 있던 멤버는 누구 한 사람 놀라지 않았습니다.

X양의 남자다움은 오래전부터 널리 알려진 사실?

그런데, 그런데도 남자다운 형님 X양에게는 멋진 남친이 있습니다. 어째서 제게는 남친이 없는데, 남자 그 자체인 X양에게 남친이 있지요? 저, X양보다 훨씬 여자답다는 자신감이 있다고요. 세상의 부조리함을 곱씹었고말고요.

그런 이유로 이 작품이 남장 영애가 된 것은 아닙니다만.

전작에 뒤이어서 무어라 형용하기 어려운 이야기에 멋진 일러스트를 그려주신 아사히코 선생님께 진심으로 감사드립니다. 고맙습니다.

이 작품의 발행에 힘써주신 모든 분들께 진심으로 인사드립니다.

마지막으로 다시 한 번, 이 작품을 읽어주신 분들께 진심으로 감사 인사드립니다. 또다시 뵙게 되길 바라마지 않습니다.

모리야마 유키

역자 후기

별 볼 일 없는 역자 후기까지 읽어주시는 독자 여러분들께 인사드립니다. 번역을 맡은 정우주입니다.

이 이야기의 전편에 해당하는 『잔학왕과 철부지 공주의 결혼』에 이어서 그 뒷이야기인 이번 작품도 번역을 맡게 되었습니다. 전편의 커플은 워낙 성격이 극과 극을 달려서 감정 이입이 쉽지 않은 듯했는데, 이번 이야기의 커플은 그래도 나름대로 무난한 편이더군요.

이번 이야기의 여주인공은 이런저런 사정상 남자로 성별을 속이고 남장을 하며 지내온 아리따운 아가씨 엘리어스입니다. 미인으로 유명했던 어머니를 닮아 매우 아름답지만, 남자로 자라와서 그런지 이런저런 엉뚱한 면모를 보이는 모습이 인상적이었어요. 언젠가 드레스 차림을 한 엘리어스가 아델리느처럼 뛰어다니게 될 날을 슬며시 상상해 보았습니다.

엘리어스의 상대는 전작의 여주인공인 아델리느의 우아한 오라버니 알베르. 이전 이야기를 보았을 때 알베르는 평화병에 걸린 모다브 사람들 때문에 마음고생이 끊이지 않는 상식인이라는 느낌이 강했는데……. 이번 이야기를 보니 이 왕태자님도 상당한 마이페이스였군요. 아델리느를 비롯한 주변 사람들이 워낙 튀어서 그다지 두드러지지 않았던 걸까요.

주역 커플 이외에도 전작에 이어 등장하는 인물들의 모습 또한 무척이나 반가웠습니다. 여전히 통통 튀어서 그 기세가 하늘을 뚫을 것만 같은 아델리느의 모습이라든가, 여전히 무뚝뚝하고 서투르지만 아델리느와 원만하게 잘 지내는 지크바르트라든가, 엘리어스의 사촌 형제로 나와 제법 비중이 높았던 로데리히라든가, 알베르를 곁에서 충실히 섬기는 세브란이라든가…….

그나저나 이번 이야기에서 전편과는 다르게 온갖 음식의 향연이 펼쳐지지 않아서 저는 가슴을 쓸어내렸습니다. 그림의 떡도 아니고 문자의 떡이라니 서글픈 일 아니겠어요. 흠흠.

언젠가 기회가 되면 독자분과 또 뵙기를 바라며 이만 줄입니다.

정우주